BARRY HUTCHISON

S.P.U.K.

Sammler paranormaler Unregelmäßigkeiten

DAS TENTAKEL-SPEKTAKEL

Aus dem Englischen von Johanna Wais

Schneiderbuch
EGMONT

Bücher von Barry Hutchison bei Schneiderbuch:

S.P.U.K. – Band 1: Das Tentakel-Spektakel

Der zweite Band von S.P.U.K. ist bei Schneiderbuch in Vorbereitung und erscheint im Frühjahr 2019!

1. Auflage © 2018 Schneiderbuch, verlegt durch Egmont Verlagsgesellschaften mbH,
Alte Jakobstr. 83, 10179 Berlin.

Die englische Originalausgabe erschien 2017 unter dem Titel »Spectre Collectors: Too Ghoul for School«. Text © Barry Hutchison 2017. This translation is published by arrangement with Nosy Crow ® Limited.
Übersetzung aus dem Englischen: Johanna Wais
Umschlagillustration und -gestaltung: Maximilian Meinzold
Satz: PPP Pre Print Partner GmbH & Co. KG
Printed in the EU
ISBN 978-3-505-14193-5
www.schneiderbuch.de

Für Michael Lopez,
Mitbegründer der
ursprünglichen S.P.U.K.
Ich hoffe, du erlebst
nach wie vor große Abenteuer,
alter Freund.
B.H.

Kapitel 1

Denzel Edgar war fast fertig mit einer diesmal besonders fiesen Mathehausaufgabe, als er den Geist sah.

Kaum hatte er das Mathebuch herausgeholt, spürte er ein eisiges Kribbeln. Und als er gerade seinen Bleistift anspitzte, stellten sich plötzlich die feinen Härchen in seinem Nacken auf. Denzel sah sich um, woher es wohl so zog, aber alle Fenster und Türen waren fest verschlossen.

Er kämpfte mit einer superkomplizierten Gleichung mit Unbekannten, als sein Radiergummi aus dem Stifteetui sprang und auf den Esstisch plumpste. Denzel hörte auf zu schreiben und sah zu dem rechteckigen Gummi mit den Bleistiftspuren an den Seiten. Dann guckte er auf sein Etui. Und legte den Radiergummi mit einem Schulterzucken wieder hinein.

Einen Augenblick später sprang er wieder heraus. Diesmal machte Denzel keine Anstalten, ihn zurückzulegen. Er starrte ihn nur an und fragte sich, was da vor sich ging. Während er den Radiergummi beobachtete, bildete sein Atem zarte, weiße Wölkchen vor seinem Gesicht. Etwa so, wie wenn man im Dezember draußen herumläuft. Aber er war drinnen. Und es war Juni.

Denzel begann am ganzen Körper zu zittern. Er fror von innen heraus. Und er spürte noch etwas, das ihn wesentlich mehr beunruhigte.

Er spürte, dass er nicht allein war.

»W-w-wer ist da?«, flüsterte er. Die Worte klangen wie erstickt von der bedrückenden Stille im Haus. Er hörte und sah nichts, aber er fühlte ... etwas. Ein Kitzeln, weil sich etwas über sein Gesicht und durch seine Haare bewegte, als ob die Luft um ihn herum Form annehmen und zu etwas anderem werden würde – zu mehr als nur Luft.

Auf der Tischplatte balancierte Denzels Radiergummi nun auf dem kurzen Ende. Er trippelte auf Denzel zu und wankte dabei hin und her wie Denzels Väter, wenn sie den Schrank von einem Ende seines Zimmers zum anderen schleppten, weil sie mal wieder Lust bekommen hatten umzuräumen. Im Gegensatz zu dem Kleiderschrank war der Radiergummi jedoch auf eigene Faust unterwegs.

Instinktiv schnappte Denzel den herumeiernden Radiergummi mit der Hand. Er konnte spüren, wie der sich gegen seinen Griff wehrte, als er ihn wieder in das Stifteetui stopfte und den Reißverschluss zuzog. Das Etui zuckte und wand sich, also warf Denzel schnell seinen Schulrucksack darauf und sprang vom Tisch zurück.

Das Herz klopfte ihm bis zum Hals. Es würde mindestens noch eine Stunde dauern, bis seine Väter nach Hause kamen. Er war ganz allein.

Aber warum wurde er das Gefühl nicht los, dass das nicht stimmte?

Und dann sah er es, als Reflexion in der Scheibe eines Bilderrahmens: eine dunkle Gestalt, die in einer Ecke des Esszimmers herumlungerte, sich über die Wand und Teile der Decke erstreckte wie ein extrem großer Schimmelfleck.

Zuerst versuchte Denzel sich davon zu überzeugen, dass er sich alles einbildete. Das dunkle Ding hinter ihm war nicht echt. Unmöglich! Offensichtlich war er dabei, verrückt zu werden. Die letzte Gleichung hatte in seinem armen, überarbeiteten Gehirn die Sicherungen durchbrennen lassen und dazu geführt, dass er nun Dinge sah … was für Dinge auch immer das waren.

Er war sich sicher, wenn er nur den Mut aufbringen würde, hinter sich zu schauen, wäre da nichts als eine leere Wand. Vielleicht ein Schatten oder so etwas, aber auf keinen Fall das sich wie Rauch windende schwarze Gewirr, das sich im Augenblick in der Glasscheibe vor ihm spiegelte.

Langsam, ganz langsam drehte Denzel sich herum. Weil er die Augen dabei geschlossen hielt, war er auch danach – als er sich so weit umgedreht hatte, dass er mit dem Gesicht in die Ecke schaute – kein bisschen schlauer als vorher.

Er wollte die Augen aufmachen, aber seine Augen hielten das für keine gute Idee. Er musste mehrmals tief durchatmen und ihnen flüsternd Mut zusprechen, bis sich zumindest sein rechtes Auge endlich öffnete. Das linke dagegen war wild entschlossen, nicht einen Millimeter nachzugeben.

Zu seinem Entsetzen sah Denzel, dass die Ecke keineswegs leer war. Das Ding, das dort herumlungerte, sah aus wie eine Kreuzung aus einem Oktopus und einem Kaminfeuer. Es war schwarz, so wenig greifbar wie Rauch und besaß sechs oder sieben lange, verknotete Tentakel. Die Gestalt schien im selben Rhythmus wie Denzels hämmernder Herzschlag zu pulsieren, immer schneller und schneller, je panischer Denzel wurde.

Einer der Tentakel des Dings griff nach Denzel, und der stolperte rückwärts. Er rannte zu der Tür, die in den Flur führte, und riss sie auf. Der Tentakel peitschte an ihm vorbei, schlug die Tür wieder zu und versperrte sie.

Denzel wich aus und suchte den Raum nach etwas ab, womit er sich verteidigen konnte. Das Geeignetste, was er fand, war ein kleines Plastikmodell vom Blackpool Tower, das ihm ein Nachbar aus dem Urlaub mitgebracht hatte. Vermutlich nicht die ideale Waffe im Kampf gegen ein bösartiges, übernatürliches Wesen, aber die einzige, die er zur Hand hatte.

»Z-zurück!«, sagte er und stach mit dem spitzen Ende der Plastikfigur in die Richtung des rauchigen Dings. »Ich w-warne dich!«

Einer der schwarzen Tentakel schlug nach ihm. Eine Schneekugel – ein weiteres Urlaubsandenken – zersplitterte an der Wand über Denzel, und Glas, Glitzer sowie eine winzige Nachbildung des Edinburgh Castle regneten auf ihn herab.

Winselnd vor Angst schützte Denzel seinen Kopf mit den Armen, als ein Stuhl durch die Luft geschleudert wurde und mit einem *Rumms* neben ihm landete. Denzel machte erneut einen Satz zur Tür, aber der Tentakel hielt sie immer noch fest geschlossen.

Das Fenster! Es war Denzels einzige Chance zu entkommen. Er fuchtelte – wie er hoffte, zumindest ein wenig bedrohlich – mit dem Blackpool Tower herum, hüpfte über den zerbrochenen Stuhl und raste zum

Fenster. Gerade wollte er die Schnur schnappen, mit der die Rollläden hochgezogen wurden, da explodierte das Fenster nach innen. Der Druck riss ihn von den Füßen und schleuderte ihn auf den Esstisch.

Und zwar mit so viel Schwung, dass Denzel über die gesamte Tischplatte rutschte. Als er auf der anderen Seite herunterfiel, kippte der Tisch um und bildete einen Schutzwall gegen das Ding – und gegen das, was das Fenster hatte explodieren lassen.

Vorsichtig schob Denzel den Kopf über den Rand des Tisches, gerade genug, dass er sich einen Überblick über den Raum verschaffen konnte. Zwei Gestalten betraten das Wohnzimmer durch die Lücke, wo vorher das Fenster und die Wand drum herum gewesen waren. Wegen der Schuttwolke waren sie schwer zu erkennen, aber von der Form her sah es so aus, als trüge die größere von ihnen ein Sturmgewehr.

Denzel betrachtete den kleinen Blackpool Tower aus Plastik, den er bei seinem kurzen Flug durch das Zimmer festgehalten hatte. Nach kurzem Überlegen setzte er ihn leise auf dem Fußboden ab.

»Suche nach Feindkontakt«, bellte die Gestalt mit der Waffe. Es war ein Mann, das war alles, was Denzel feststellen konnte. Eher jung, dachte er, aber er war sich nicht sicher. Mit dem kleinen Finger stocherte er sich im Ohr herum, um das Klingeln von der Explosion loszuwerden. Irgendjemand musste das Getöse gehört haben. Bestimmt war schon Hilfe unterwegs. Mit etwas Glück würde niemand ihn umbringen, bis sie ankam.

»Irgendein Hinweis?«, fragte die andere Gestalt. Diese musste ein Mädchen im Teenageralter sein. Und sie klang viel unsicherer als ihr Partner.

»Ich kann es noch nicht hundertprozentig lokalisieren«, antwortete der Mann. Irgendetwas in seiner Stimme verriet Denzel, dass auch er ein Teenager war. Am Kolben seines Gewehrs blinkte ein rotes Licht, während er sich langsam um die eigene Achse drehte. »Aber es ist hier.«

Denzel sah hinüber in die Zimmerecke. Die schwarze Gestalt war immer noch da und pulsierte und wand sich wie zuvor. Er merkte, dass er mit den Augen in ihre Richtung zeigte, als wollte er die Aufmerksamkeit der Eindringlinge auf die Gestalt lenken, ohne selbst entdeckt zu werden.

»Vielleicht kann das Dritte Auge des Lahmaschs die Lage erhellen!«, sagte das Mädchen feierlich. Denzel hörte, wie der Junge seufzte, als seine Partnerin nun leise etwas murmelte. Das Zimmer war noch immer von einer riesigen, weißen Staubwolke ausgefüllt, dennoch sah Denzel, wie auf der Stirn des Mädchens etwas violett aufleuchtete. Es war ein liegendes Oval mit einem Kreis darin, wie die Kinderzeichnung von einem Auge.

»Das Dritte Auge des Lahmaschs!«, sagte das Mädchen mit lauter Stimme. Als das Echo ihres Ausrufs nachließ, schnalzte der Junge missbilligend mit der Zunge.

»Musst du das jedes Mal machen?«

»Ja«, erwiderte das Mädchen. »So will es die Tradition.«

»Es ist Schwachsinn«, sagte der Junge. »Außerdem geht dadurch der Überraschungseffekt verloren.«

Das Mädchen zeigte mit dem Daumen auf das Loch hinter ihnen, wo sich das Fenster befunden hatte. »Äh ... Hallo? Ich bin nicht diejenige, die die Wand pulverisiert hat. Die Haustür wäre nur fünf Schritte weiter gewesen.«

»Du hast deine Traditionen, ich meine«, antwortete der Junge. »Wie auch immer. Siehst du es?«

»Das Dritte Auge des Lahmaschs sieht alles«, sagte das Mädchen.

»Ja, aber sieht es auch feindliche Aktivität?«

Das Mädchen drehte sich und suchte das Zimmer ab. Das violette Leuchten des Auges auf ihrer Stirn glitt über die Wände wie ein Scheinwerfer und genau über das Rauchding hinweg. »Nein«, gab sie zu. »Kein Feind in Sicht. Es kann also keiner da sein.«

Der Junge schlug mit der flachen Hand gegen seine Waffe. Das Licht daran flackerte, dann ging es wieder an. »Bist du sicher? Ich bekomme auf jeden Fall eine Meldung.«

»Wem vertraust du mehr? Acht Milliarden Pfund schwerer modernster Trackingtechnologie«, begann das Mädchen und tippte sich dann gegen die Stirn, »oder diesem Schätzchen hier?«

»Acht Milliarden Pfund modernster Trackingtechnologie«, antwortete der Junge, ohne zu zögern.

Denzel hätte sie am liebsten angeschrien, dass sowohl die Trackingtechnologie als auch das schicke leuchtende Auge keinen Pfifferling wert waren, denn »die feindliche Aktivität«, wie sie es nannten, fand genau neben ihnen statt, in einer Zimmerecke, und bestand anscheinend darin, herumzuhängen und unheilvoll auszusehen.

Angespannt beobachtete er die beiden Gestalten dabei, wie sie sich noch einige Male im Kreis drehten und ihre jeweils eigenen Suchmethoden anwandten. Eigentlich hätte man inzwischen Martinshörner hören müssen, aber durch das riesige Loch in der Wand schien überhaupt kein Geräusch hereinzudringen. Es war fast fünf Uhr nachmittags. Normalerweise herrschte um diese Zeit auf der Straße Feierabendverkehr.

Denzel blickte hinüber zu dem schwarzen Ding in der Ecke und hatte plötzlich das Gefühl, dass es zurückstarrte. Es besaß keine Augen, aber er spürte, wie sich sein Blick in ihn hineinbohrte, mitten in seine Seele.

»Na ja. War wohl falscher Alarm«, sagte das Mädchen. Der Staub legte sich, und Denzel konnte nun erkennen, dass sie einen dunkelroten Morgenmantel mit lächerlich breiten Schulterpolstern trug. Sie wischte sich mit der Hand über die Stirn, und das leuchtende Auge verschwand. »Schleichen wir uns davon wie Shaktis Schatten!«, sagte sie und machte eine komplizierte Geste mit ihren Händen.

Der Junge musterte sie. »Was sollte das sein?«

»Etwas Neues, das ich momentan ausprobiere«, antwortete das Mädchen. Es klang ein wenig verlegen. »Ich dachte, vielleicht wirke ich dadurch ein bisschen ... na ja ... *geheimnisvoller.*«

»Du wirkst dadurch ein bisschen gestört«, sagte der Junge. »Los, gehen wir.«

Denzels Magen verkrampfte sich, als die beiden Figuren sich dem Loch in der Wand zuwandten. Die dunkle Wolke pulsierte nun schneller. Denzel konnte ihre Aufregung förmlich spüren. Gleich würde er ganz allein sein mit ihr, und er hatte den Eindruck, dass dies genau das war, was sie wollte.

»Wartet, g-geht nicht!«, winselte Denzel. Er zeigte in die Ecke, wo sich das schwarze Ding nun verknotete. »Da ist es doch. Genau da!«

Die zwei Figuren drehten sich abrupt um; das Mädchen riss die Arme hoch, während der Junge mit seiner Waffe auf Denzel zielte. Sie kamen einen Schritt auf ihn zu, und Denzel konnte sie zum ersten Mal klar und deutlich sehen, als sie aus dem Staub hervortraten.

Er hatte geglaubt, das Mädchen trage einen Morgenmantel, aber nun sah er, dass es ein fließender roter Umhang war, den sie über eine dunkelgrüne Uniformjacke drapiert hatte. Sie hatte sich einen Gürtel aus goldfarbenem Seil um die Taille gebunden, und an ihren Fingern funkelten mehr Ringe als im Schaufenster eines Juweliers. Sie wirkte jünger, als Denzel gedacht hätte – höchstens vierzehn, eher dreizehn wie er selbst.

Der Junge daneben war ein bisschen älter, aber nicht viel. Er hatte eine Uniform an, allerdings von keiner Armee, die Denzel kannte. Das Flecktarnmuster bestand aus Silber- und Blautönen. An den Füßen trug er glänzende blaue Stiefel, die etwa bis zur Hälfte seiner Unterschenkel reichten. Nicht gerade die ideale Farbe, um sich im Gebüsch zu verstecken, dachte Denzel. Der Junge hatte die Ärmel hochgekrempelt, und in seinen behandschuhten Händen hielt er den Schaft und den Lauf seiner Waffe und zielte, wie Denzel beunruhigt feststellte, direkt auf seinen Kopf.

Der Junge kniff die Augen zusammen und warf dann dem Mädchen einen Blick zu. »Das Dritte Auge des Lahmaschs sieht alles, nicht wahr?«

»Deine Scanner haben ihn ja auch nicht bemerkt!«, protestierte das Mädchen.

»Kopf runter!«, brüllte Denzel, als ein »Ich-war-im-Legoland«-Keramikteller auf die Eindringlinge zuflog. Der Junge reagierte schnell und duckte sich gerade rechtzeitig, bevor der Teller ihn treffen konnte. Das Mädchen hatte weniger Glück.

»Au!«, jaulte sie, als ihr der Teller gegen den Hinterkopf knallte. »Das tut weh!«

»Wo ist es?«, wollte der Junge wissen und drehte sich auf dem Absatz um, dorthin, woher der Teller gekommen war.

»Da!«, rief Denzel und zeigte wieder in die Ecke.

»Er kann es auf keinen Fall sehen«, sagte das Mädchen und tastete sich vorsichtig den Hinterkopf ab. »Ich meine ... Kannst du doch nicht, oder?«

»Großes, schwarzes Wolkending!«, stammelte Denzel. »Viele Tentakel. Es ist genau vor euch!«

Der Junge hob die Waffe. »Okay. Ich verlasse mich auf das, was du sagst«, meinte er.

Er betätigte den Abzug. Ein schrilles Kreischen erfüllte den Raum.

Und Denzels Welt wurde weiß.

Kapitel 2

Als das Licht schwächer wurde, war die schwarze Gestalt nirgendwo mehr zu sehen. Mit einem *Klack* betätigte der Junge einen Schalter an der Seite seiner Waffe, und ein Edelstein in der Größe einer Handgranate fiel hinten aus ihr heraus. Das Mädchen bückte sich, um ihn aufzufangen, bevor er am Boden aufkam, und wickelte ihn dann schnell in etwas, das aussah wie ein dünner Zweig. Während sie ihn verknotete, murmelte sie vor sich hin.

»Volltreffer«, frohlockte der Junge. »Bumm!« Als er sich Denzel zuwandte, wich sein zufriedenes Grinsen einem kalten, misstrauischen Starren. »Du wusstest, wo er war. Woher?«

Denzel stand auf und rieb sich die Augen. Das grelle Leuchten war immer noch in seine Netzhaut gebrannt, und wenn er blinzelte, sah er hinter den Lidern statt der gewohnten Dunkelheit einen glitzernden, weißen Nebel.

»Ich habe es gesehen«, sagte Denzel.

»Du hast es *gesehen*?«, wiederholte der Junge, schnaubte und musterte ihn. »Wie hast du das hingekriegt?«

»Ich habe meinen Blick ungefähr in seine Richtung gelenkt, und da war es«, antwortete Denzel. »Wie hast du es hingekriegt, es nicht zu sehen? Es war nicht besonders schwierig.«

»Nein, schwierig nicht«, stimmte das Mädchen zu, während sie den umwickelten Edelstein in einen kleinen Lederbeutel an ihrem Gürtel gleiten ließ. »Eher *unmöglich*. Man kann Polter-Anomalien nicht sehen. Das geht einfach nicht.«

Denzel zuckte mit den Schultern. »Na ja, dann war es vielleicht einfach kein Polterdingsbums oder so?«

»Du kannst es auch einfach Polter*geist* nennen. Und natürlich war es einer!«, sagte das Mädchen. Es warf dem Jungen einen Blick zu. »Ich meine ... War es doch, oder?«

»Die Sensoren haben einen angezeigt«, antwortete der Junge.

»Ja, okay, aber ... Das beweist gar nichts. Sie sind nicht gerade zuverlässig.«

»Zuverlässiger als dein dämliches magisches Auge.«

Das Mädchen schnappte nach Luft. »Wie *kannst* du es wagen, das Dritte Auge des Lahmaschs infrage zu stellen?«

Denzel ließ sie zanken und sah sich um in dem, was vom Esszimmer übrig war. Das gähnende Loch in der Wand war natürlich das Schlimmste, aber auch sonst war einiges zu Schaden gekommen.

Die Tischplatte hatte sich von dem Unterteil gelöst, und mindestens zwei Stühle waren kaputt. Die Vitrine, in der das Geschirr aufbewahrt wurde, war umgefallen, und die Teller lagen in Scherben auf dem Boden.

Der Teppich war mit einer dicken Schicht aus Staub, Holzsplittern und Glasscherben bedeckt, und an der Wand, wo das Rauchding gewesen war, befand sich ein ovaler Brandfleck.

»Meine Väter bringen mich um«, murmelte Denzel. Plötzlich wurde er wütend und wollte von den beiden Eindringlingen wissen: »Wer seid ihr? Was gibt euch das Recht, hier hereinzukommen und mein Zuhause zu demolieren?«

»Wir haben jedes Recht dazu«, erwiderte der Junge schnippisch und fuchtelte mit einem Finger direkt vor Denzels Gesicht herum. »Das war eine Feindliche Erscheinung Stufe 8. Ohne unser Eingreifen hätte es wer weiß was zerstören können.«

Gerade als Denzel mit einer Handbewegung auf das Chaos im Esszimmer deutete, fiel ein Lampenschirm von der Decke und zerbrach am Boden. »Und ihr dachtet, ihr helft ihm ein bisschen, oder was?«

Der Junge tat einen Schritt vor, sodass er über Denzel aufragte. Denzel wich keinen Millimeter von der Stelle und versuchte nicht zu zeigen, wie sehr seine Knie zitterten.

»Ja, aber der Unterschied ist, dass es nicht hinter sich aufräumt«, sagte der Junge. »Im Gegensatz zu uns.«

Er starrte Denzel einige Sekunden in die Augen. Denzel starrte so ungerührt zurück, wie er konnte.

Der Junge nahm ein Funkgerät vom Gürtel, aber das Mädchen legte ihm eine Hand auf den Arm, um ihn zu stoppen, und lächelte hoffnungsvoll. »Warte. Darf ich?«

Der Junge seufzte. »Meinst du das ernst? Ich glaube nicht, dass das eine gute Idee ist.«

»Diesmal kriege ich es hin, ich hab's jetzt drauf. Versprochen. Bitte lass es mich versuchen.«

Der Junge warf zuerst Denzel einen Blick zu, dann dem Mädchen. Er schüttelte den Kopf, ließ die Hand mit dem Funkgerät aber sinken. »Na gut. Wie du meinst. Mach du es. Aber schnell.«

Erfreut klatschte das Mädchen in die Hände. Dann trat sie einen Schritt zurück. »Okay«, murmelte sie.

»Los geht's. Jetzt wird es klappen. Diesmal keine Unterbrechung und –«

»Mach voran«, fauchte der Junge.

»Okay. In Ordnung. Auf die Plätze, fertig – los.«

Denzel beobachtete das Mädchen dabei, wie sie ihre Finger durch die Luft tanzen ließ und dazu sang. In seinen Ohren klangen ihre Worte wie Kauderwelsch, aber nach ein paar Sekunden begannen die Fingerspitzen des Mädchens zu funkeln und zu glänzen.

Sie senkte die Hände und wandte sich zu dem Loch in der Wand. »Es geht los«, flüsterte sie. »Diesmal klappt es. Ich spüre es. Diesmal funktioniert es.«

Denzel verrenkte den Hals, um durch das Loch schauen zu können. »Was funktioniert diesmal?«, fragte er.

»Warte ab. Es passiert jetzt jeden Augenblick«, antwortete das Mädchen. »Jeden Moment ...« Sie quietschte vor Begeisterung. »Da! Seht ihr?«

Denzel sah ein graues Eichhörnchen durch die kaputte Mauer hereinhüpfen. Es blieb mitten auf dem Teppich stehen, seine Nase zuckte, und es blickte im Zimmer umher. Einen Augenblick später flatterten zwei Spatzen herein, die gemeinsam etwas trugen.

»Ist das ... ein Staubwedel?«, fragte Denzel.

»Ja!«, quiekte das Mädchen. Aufgeregt hüpfte sie von einem Bein aufs andere, als ein Hirsch sein Geweih durch das Loch steckte und ins Zimmer stolzierte. Er trug einen Besen im Maul. »Es funktioniert! Es funktioniert wirklich!«

»Super«, sagte der Junge unbeeindruckt.

Das Mädchen grinste von einem Ohr zum anderen, als eine Entenfamilie mit einigen Elektrogeräten ins Esszimmer gewatschelt kam.

*

Drei Minuten später herrschte Chaos im Esszimmer. Die Spatzen pickten den Hirsch, der zertrampelte die restlichen Esszimmerstühle und versuchte gleichzeitig mit seinem Geweih Mus aus den Enten zu machen.

Zwei Dachse, die später angekommen waren, verprügelten abwechselnd das Eichhörnchen. Das Eichhörnchen hingegen hatte eine Dose Möbelpolitur in die Pfoten bekommen, sprühte sie den Dachsen ins Gesicht und quiekte dabei wütend.

Entsetzt beobachtete Denzel den Tumult. Neben ihm kratzte sich das Mädchen in dem Umhang am Kopf. »Das war bei Schneewittchen irgendwie anders.« Sie seufzte. »Okay, noch mal von vorne.«

Sie wich einer Ente aus, entwischte dem Hirsch und sagte dann mit einem unsicheren Lächeln zu dem Jungen: »Vielleicht solltest du das doch regeln.«

»Ach, meinst du wirklich?«, sagte der Junge und griff nach seinem Funkgerät. »Einmal Reinigung Privathaushalt, bitte.« Er wandte sich an Denzel. »Wann kommen deine Eltern zurück?«

Denzel bekam einen Knoten im Magen, als er daran dachte. »Das hängt davon ab, wie viel Verkehr ist und so, aber ... keine Ahnung ... so in zwanzig Minuten vielleicht?«

Der Junge murmelte etwas Unverständliches und hielt sich dann wieder das Funkgerät vor den Mund. »Oberste Priorität. Ihr müsst sofort hier sein.«

Vom anderen Ende kam knackend eine Bestätigung, und der Junge klemmte sich das Gerät wieder an den Gürtel. Beide, das Mädchen und er, drehten sich gleichzeitig zu Denzel um. Im selben Moment ging der Hirsch mit dem Besen im Maul auf die Spatzen los.

»Das ist doch Wahnsinn«, sagte Denzel und starrte mit offenem Mund auf das Durcheinander. »Das ist ... Das ist ... verrückt. Wer *seid* ihr?«

»Wir gehören einer streng geheimen Organisation an, die dazu da ist, die Menschheit vor übernatürlichen Bedrohungen zu schützen«, antwortete das Mädchen. Es klang fast wie ein Roboter, so, als hätte sie diese Worte schon Hunderte Male zuvor gesagt. »Wir haben viele Namen. Der Kult des Sh'grath. Die

Boten des Allüberall. Die Siebte Armee der Erleuchteten.«

Der Junge drängte sich dazwischen. »Aber wir bezeichnen uns am liebsten als Sammler paranormaler Unregelmäßigkeiten, kurz S.P.U.K.«

Denzel runzelte die Stirn und gab sich Mühe, das Eichhörnchen zu ignorieren, das vor seinen Füßen auf einem Entenküken vorbeiritt. »*S.P.U.K.*? Ihr seid ... Geisterjäger?«

Die beiden nickten. »Unter anderem«, sagte der Junge. »Aber wie gesagt, das ist streng geheim. Geheimer als streng geheim, um genau zu sein.«

»Warum erzählt ihr mir dann davon?«, fragte Denzel, auf einmal nervös.

Das Mädchen griff in eine weitere Tasche an ihrem Gürtel und nahm etwas heraus, das aussah wie eine Handvoll Glitzerstaub. Anders als bei gewöhnlichem Glitzer hingegen schien die Luft darüber zu funkeln, wie wenn im Sommer die Hitze vom Asphalt aufsteigt.

»Weil du dich an nichts davon erinnern wirst«, antwortete der Junge.

Bevor Denzel den Mund aufmachen konnte, pustete das Mädchen in den Glitzerstaub. Er wurde zu einem Mini-Tornado aufgewirbelt und traf Denzel mitten ins Gesicht. Er hustete und spuckte, als ihm der Staub in die Nase flog. Daraufhin kitzelte es ihn wie ein verstocktes Niesen, das nicht rauskommen wollte.

»Was hast du gemacht?«, forderte er eine Erklärung. Er sah vor sich auf den Tisch.

Dort lagen seine Hausaufgaben, aufgeschlagen bei einer besonders hirnerweichenden Gleichung. Er starrte sie lange an, bis er feststellte, dass er die Lösung schon hingeschrieben hatte. Fast hatte er das Gefühl, diesen Moment noch vor Augen zu haben, aber die Erinnerung entglitt ihm wie ein Traum.

Er stand auf und ging zum Fenster. Die Rollläden waren hochgezogen, und er sah hinaus auf die Straße. Gerade kam das Auto seiner Väter angefahren, und Denzel merkte, dass ihm der Magen knurrte. Es war Mittwoch, das bedeutete Take-away-Abend.

»Bitte, bitte lass es chinesisch sein«, flüsterte er und drückte sich selbst die Daumen. Er schob den Stuhl wieder an den Tisch und ging zu der Tür, die zum Flur führte.

Auf dem Weg dorthin knirschte etwas unter seinen Füßen. Denzel bückte sich und hob einen zerbrochenen Gegenstand aus Plastik auf.

»Hm«, sagte er und wendete den Miniatur-Blackpool-Tower in der Hand hin und her. »Wie kommt das denn dahin?«

Er stellte das kaputte Teil zurück ins Regal, ließ den Blick über das saubere, aufgeräumte Zimmer schweifen und ging durch die Tür, um mit seinen Eltern zu Abend zu essen.

Kapitel 3

Am nächsten Morgen – sein Mund brannte noch von dem leckeren, aber letztlich doch ein wenig enttäuschenden indischen Essen – machte Denzel sich auf den Weg zur Schule.

Wie immer war sein Schulweg auf die Minute genau durchgetaktet. Um genau 08:38 Uhr verließ Denzel das Haus und vergaß nicht, der alten Mrs Grigor auf der anderen Straßenseite freundlich zuzuwinken. Um 08:39 Uhr ging er zur Bushaltestelle bei den Geschäften. Um 08:40 Uhr donnerte der Bus an ihm vorbei, als wäre er gar nicht da. Von 08:41 Uhr bis 09:05 Uhr rannte Denzel dann wie ein Wahnsinniger zur Schule und bemühte sich, nicht vor Anstrengung sein Frühstück zu erbrechen.

Jeden Morgen derselbe Ablauf, auch an diesem Tag. Sein Klassenlehrer Mr Gavistock sah kaum auf, als Denzel hereinstürmte, schnaufend und keuchend und kurz davor, in Ohnmacht zu fallen.

»Anwesend«, sagte Denzel zuversichtlich und ließ sich auf den Stuhl fallen. In dem Augenblick, in dem sein Hintern das Plastik berührte, schellte es. Alle anderen standen auf und wuselten aus dem Klassenzimmer.

»Oooh. Tut mir leid, Denzel«, sagte Mr Gavistock und lutschte an seinem langen grauen Schnurrbart herum. Sein Kugelschreiber schwebte nur Millimeter über dem Klassenbuch. »Es hat geschellt, bevor ich dich als anwesend eintragen konnte. Du musst dir einen Verspätungsschein im Büro holen.«

»Können Sie mich nicht jetzt eben als anwesend eintragen?«

Mr Gavistock legte langsam den Stift ab und beugte sich vor, die Hände verschränkt. »Nein, Denzel. Denn das wäre gegen die Regeln.«

»Ja, aber es waren ja nur ein paar Sekunden. Und ich war da, bevor es geschellt hat.«

Mr Gavistock atmete tief ein. »Aber als es geschellt hat, hatte ich dich noch nicht als anwesend eingetragen, Denzel«, sagte er. »Mir sind die Hände gebunden.«

»Aber –«

»Mir sind die Hände gebunden«, wiederholte der Lehrer. »Dir ist klar, was ich damit sagen will? Mir sind die Hände gebunden.«

Denzel stand auf und warf sich den Rucksack über die Schulter. »Ja, klar, aber ... sind Sie in Wirklichkeit gar nicht, oder?«, wandte er ein. »Sie könnten mich einfach eintragen. Das interessiert doch niemanden.«

Mr Gavistock zog eine Augenbraue hoch. »Das könnte ich«, gab er zu. Dann fuhr er sich mit der Zunge über den Schnurrbart und feixte. »Aber wo bliebe da der Spaß?«

Als Folge dessen, dass Denzel ins Büro gehen und sich das Formular holen musste, kam er eine Viertelstunde zu spät zu Mathe. Mr Gavistock, der auch Denzels Mathelehrer war, sah ihn bekümmert an, als er hereinplatzte.

»Zweimal an einem Tag, Denzel«, sagte er kopfschüttelnd. »Und ich nehme an, deine Hausaufgaben hast du auch nicht gemacht?!«

»Doch, habe ich«, antwortete Denzel. Er kramte in seinem Rucksack herum, zog ein zerknülltes Blatt hervor, strich es glatt und gab es dem Lehrer.

Mr Gavistock winkte Denzel auf seinen Platz und überflog das Blatt. »Erstaunlicherweise sieht es aus, als wäre alles richtig«, sagte er. »Wie hast du das gemacht?«

Denzel setzte sich an sein Pult und suchte in seinem Rucksack nach dem Stifteetui. »Äh ... Ich habe nachgedacht.«

Wieder hob Mr Gavistock eine buschige Augenbraue. »Du hast ›nachgedacht‹?«

Denzel nickte. Die Wahrheit war, dass er nicht so recht wusste, wie er die Gleichungen aus den Hausaufgaben gelöst hatte. Er besaß keinerlei Erinnerung daran, sie gemacht zu haben.

»Was du eigentlich sagen willst: Du hast sie aus dem Internet«, sagte Mr Gavistock. Er hob einen knochigen Finger und ließ ihn hin und her wackeln. »Ts, ts. Enttäuschend, Denzel.« Langsam zerriss er das Blatt in zwei Teile. »Sehr enttäuschend.«

Denzel war klar, dass es keinen Sinn hatte zu protestieren. Gleichungen waren nicht seine Stärke. Er hatte bis jetzt noch nicht herausgefunden, was seine Stärke war – aber Gleichungen waren es definitiv nicht. Außerdem hatte er keine Ahnung, wie er sie gelöst hatte – und damit auch keine starken Gegenargumente.

Abgesehen davon war das Arbeitsblatt inzwischen bereits in mindestens acht Teile zerrissen worden, es war also nicht mehr zu retten. Denzel beschloss, den Mund zu halten und einfach weiterzumachen, als wäre nichts gewesen.

Der Rest des Vormittags verging wie fast jeder normale Schultag – langsam und entsetzlich unspektakulär.

In der Mittagspause saß Denzel an seinem Stammplatz auf der Mauer und wartete darauf, dass sein bester Freund Schmitti auftauchte. Wie immer.

Schmitti hatte keinen Unterricht mit Denzel zusammen, aber sie waren seit dem ersten Tag an der weiterführenden Schule Freunde und trafen sich jeden Mittag, um gemeinsam herumzuhängen und mit niemand anderem reden zu müssen.

»Und, was hast du heute?«, fragte Schmitti. Wegen irgendeines Nasennebenhöhlenproblems, über das er unermüdlich in magenumdrehender Genauigkeit redete, hatte er eine hohe, jammerige und verschnupfte Stimme. Mit einem Hüpfer setzte er sich auf die Mauer neben Denzel.

Denzel öffnete seine Butterbrotdose und klappte sein Sandwich auf. »Rauchfleisch, saure Gurken und Emmentaler«, antwortete er. »Auf Vollkornbrot. Und du?«

Schmitti zog eine zerknitterte, ziemlich durchweichte braune Papiertüte aus der Tiefe seines Schulrucksacks. Er machte sie auf und schnupperte probehalber daran. »Rührei.« Hoffnungsvoll sah er auf Denzels Sandwich. »Willst du tauschen?«

»Nein, lieber nicht«, sagte Denzel.

»Nee, ich eigentlich auch nicht«, stimmte Schmitti ihm zu.

Denzel zeigte auf sein Sandwich. »Willst du was davon?«

»Gerne«, nickte Schmitti. Er griff in Denzels Butterbrotdose und holte ein halbes Sandwich heraus, legte es auf seiner ramponierten Papiertüte ab, entfernte sorgfältig die Gurke und das Fleisch und warf beides weg.

»Danke«, sagte er und biss in das Jetzt-nur-noch-Käse-Sandwich.

Eine Weile saßen sie schweigend nebeneinander und kauten ihre Brote. Denzels Füße berührten den Boden, Schmittis baumelten einige Zentimeter darüber.

»Wogegen würdest du lieber kämpfen, okay?«, fing Schmitti an.

»Okay«, sagte Denzel.

»Gegen einen Zombie mit dem Gehirn eines bösen Genies oder gegen ein böses Genie mit dem Hirn eines Zombies?«

Nachdenklich kaute Denzel. »Ein böses Genie mit dem Gehirn eines Zombies«, entschied er.

»Wieso?«

»Weil es dann kein richtiges böses Genie mehr ist, oder?«

»Doch. Ein böses Genie mit dem Gehirn eines Zombies«, widersprach Schmitti.

»Sage ich ja«, antwortete Denzel. »Ein Zombie mit dem Gehirn eines bösen Genies ist ein superintelligentes, unbesiegbares Monster, das die Welt regieren will. Ein böses Genie mit dem Gehirn eines Zombies ist bloß ein normaler Zombie. Es schlurft nur herum, stöhnt ein bisschen und versucht, Leute zu essen.«

Schmitti nickte. »Hast recht«, sagte er. Er griff in seine Papiertüte und holte eine Handvoll kaltes Rührei heraus. »Willst du was?«, bot er Denzel an.

Denzel knüllte die Folie zusammen, in die sein Sandwich eingewickelt gewesen war. »Nee, danke«, sagte er. Er nickte mit dem Kinn zu einem Mülleimer, sechs oder sieben Meter von ihnen entfernt. »Wie viel kriege ich, wenn ich das da reinwerfe?«

»Eine Million Pfund«, sagte Schmitti und stopfte sich das wabbelige Ei in den Mund.

Denzel schüttelte den Kopf. »Das ist zu viel. Das ist verrückt.«

Schmitti zuckte mit den Schultern. »Ein Pfund?«

»Das ist besser«, sagte Denzel und kniff ein Auge zu. Er hielt den zusammengerollten Ball aus Zellophan zwischen Daumen und Zeigefinger und bewegte ihn vor und zurück wie ein Dartspieler beim Zielen.

»Denzel Edgar stellt sich auf«, sagte Schmitti mit gedämpfter Stimme. »Alle Augen ruhen nun auf ihm. Nur ein Wurf steht zwischen ihm und einem Sieg, der ganz sicher in die Geschichte eingehen wird als einer der Höhepunkte menschlicher Errungenschaften. Edgar hält die Luft an. Er zielt. Er wirft ...«

Der zusammengeknüllte Ball aus Plastikfolie flog in einem Bogen durch die Luft, prallte einmal vom Rand des Mülleimers ab und fiel dann hinein.

Schmitti sprang von der Mauer und riss die Arme in die Luft. »Er haut ihn rein! Die Menge tobt! Ja, jetzt könnten sie wirklich alle tot umfallen, denn sie wissen: Sie haben den größten Moment in der Geschichte der Menschheit miterlebt, den Moment, in dem der junge Denzel Edgar –«

Der Plastikball landete mit einem leisen *Plopp* neben Schmitti. Der hörte auf zu jubeln und sah auf ihn hinunter. »Oh, ich nehme alles zurück«, sagte er. »Du hast gar nicht getroffen.«

Denzel sprang von der Mauer und hob das Folienknäuel auf. »Er ist wieder rausgesprungen«, sagte er stirnrunzelnd. »Komisch.« Er ging einen Schritt näher an den Mülleimer heran, warf den Ball mit einer Bewegung aus dem Unterarm hinein und hielt dann eine Hand hoch, um Schmitti davon abzuhalten, erneut in Jubel auszubrechen.

Beide beobachteten den Mülleimer für eine sehr lange Zeit. Zumindest fühlte es sich sehr lang an. »Worauf warten wir?«, fragte Schmitti flüsternd.

Denzel entspannte sich. »Nichts. Keine Ahnung. Ich dachte nur –«

Der Ball sprang wieder heraus. Schmitti und Denzel sahen ihn an, wechselten einen Blick und richteten ihre Aufmerksamkeit dann auf den Mülleimer.

»Hallo?«, rief Denzel. »Ist da jemand drin?«

Eine flachgedrückte Coladose schoss aus dem Mülleimer nach oben und fiel scheppernd zu Boden.

»Super. Ein Müllspinner«, murmelte Schmitti.

»Was soll das sein?«

»Müll ist die Kurzbezeichnung für einen Abfallbehälter oder seinen Inhalt, du Freak«, sagte Schmitti. Er grinste. »Verstehst du? Ich habe absichtlich deine Frage falsch verstanden, um ... Aaaah!«

Schmitti duckte sich, als ein Strom von Unrat aus dem Mülleimer nach oben schoss wie Lava bei einem Vulkanausbruch. Dosen und Plastikflaschen wurden mehrere Meter hoch in die Luft geschleudert und landeten scheppernd um sie herum auf dem Boden. Chipstüten wurden in die Luft gewirbelt und schwebten hinab wie Herbstlaub.

Als der gesamte Abfall gelandet war, drehte sich Schmitti zu Denzel: »Ich glaube, du hast den Mülleimer kaputt gemacht.«

Der Müll zu ihren Füßen begann zu zittern. Er vibrierte auf dem Asphalt und sammelte sich an einem

Punkt nur wenige Schritte vor den beiden Jungen. Sie traten zurück, als der Müll sich in zwei Haufen teilte, die beide rasch in die Höhe wuchsen, bis sie zwei Säulen bildeten – ein wenig größer als Schmitti und etwas kleiner als Denzel.

Ab da wuchsen die Säulen weiter und wurden zu einer einzigen Müllmasse. Denzel starrte sie an und erkannte allmählich die Form.

Es war ein Mensch. Oder zumindest hatte es die Form eines Menschen. Eine drei Meter große Person aus Getränkedosen, Schokoladenpapieren und halb aufgegessenem Obst.

Beeindruckt blies Schmitti die Wangen auf. »So was sieht man nicht alle Tage«, sagte er.

»Wir sollten wohl besser abhauen«, sagte Denzel. »Ich glaube nicht –«

»STIRB, MÜLLMONSTER!«, brüllte Schmitti und stürzte sich, seinen Schulrucksack schwingend, in die hoch aufragenden Beine der Gestalt. Der Abfall teilte sich, und Schmitti stolperte hindurch, stieß gegen den Mülleimer und stürzte mit dem Kopf voran hinein.

»Abhauen wäre besser gewesen«, rief Schmitti. Seine Stimme klang hohl und dumpf. »Hab mich verschätzt.«

Eine Hand, die hauptsächlich aus Bananenschalen und Erdnussflips bestand, griff nach Denzel. Er taumelte zurück und schwang seinen Schulrucksack. »Lass mich!«, schrie er.

Die Hand sauste hinab, und Denzel duckte sich weg. Nur knapp schaffte er es, nicht zu Boden geschleudert zu werden. Ein kompostiger, fauliger Gestank stieg ihm in die Nase, und er musste würgen.

Schmitti steckte immer noch im Mülleimer. Das Abfallding schien kein Interesse an ihm zu haben, sondern konzentrierte sich ganz auf Denzel.

Denzels Herz sank. Das Monster kam auf seinen wackeligen Beinen näher, und er spürte, wie sich etwas in seinem Kopf regte, eine weit entfernte Erinnerung.

»Irgendwie kommt mir das schrecklich bekannt vor«, flüsterte Denzel.

Und dann rannte er.

Kapitel 4

Denzel rannte an den Fahrradschuppen vorbei, überquerte den Besucherparkplatz und umrundete die Mensa von außen.

Er jagte über das kleine Betonrechteck zwischen der Mensa und dem Haupteingang der Schule, als das Geschrei anfing. Seine Mitschüler stoben auseinander, als das Mülldling um die Ecke schlitterte und Denzel nachstellte. Mit seinen langen Abfallbeinen sprang es mühelos über den Hof.

»Aus dem Weg, Achtung, lasst mich durch!«, schrie Denzel, während er sich durch einen Pulk älterer Mädchen hindurch schlängelte, die auf der Treppe vor dem Schulgebäude saßen. Die Mädchen beschwerten sich zuerst genervt und verfielen dann in einen Chor panischen Quietschens, als sie die riesige Müllfigur sahen, die auf sie zukam.

Denzel schoss durch die Eingangstür und stolperte ins Foyer. Die Sicherheitstüren drinnen waren verschlossen. Er rüttelte an den Griffen und lud damit augenblicklich den Zorn der Schulsekretärin auf sich.

»He!«, sagte sie und klopfte mit den Fingerknöcheln gegen die Scheibe. »Lass das. Du kannst klingeln wie jeder andere auch.«

»Machen Sie doch einfach die verdammte Tür auf!«, ächzte Denzel und warf einen Blick über die Schulter. »Schnell!«

Die Sekretärin verschränkte die Arme vor der Brust. »Du musst klingeln«, sagte sie.

»Aaaaah! Okay!«, schrie Denzel genervt. Hektisch drückte er auf den Knopf, und ein lautes *BSSST* ertönte. »Da! Zufrieden?«

Die Sekretärin betätigte den Knopf, der die Tür öffnete. »Ja«, sagte sie. »War doch nicht so schwer, od–«

Sie schrie und taumelte rückwärts, als die äußeren Türen aus den Angeln gehoben wurden und das Müllwesen sich duckte und im Türrahmen erschien. Denzel riss die Glastüren auf und wieselte genau in dem Moment hindurch, als die Erdnussflips-Hand wieder nach ihm schnappte.

Denzel raste über den Flur, drängelte sich halb durch eine Schar Schüler, halb machte er sich so dünn er konnte. Irgendwo hinter ihm begann ein Kreischen und ein panisches Geschubse. Das Monster war ihm also immer noch auf den Fersen. Aus Panik wurde schrille Hysterie, als allen, die sich in diesem Augenblick im Flur befanden, klar wurde, dass sie dort lieber nicht sein wollten.

Schüler duckten sich in Türrahmen und sprangen aus Fenstern, in dem verzweifelten Versuch, dem randalierenden Müllmonster nicht im Weg zu stehen. Denzel schnaufte und japste, und mit jedem keuchenden Atemzug schmeckte er den stechenden Geruch des Ungeheuers auf der Zunge.

Er rutschte um die Ecke am Ende des Flurs und schaute gerade lang genug zurück, um zu sehen, wie das Ding auf allen vieren vorwärtshechtete und immer näher und näher kam, und –

ZACK! Es änderte nicht schnell genug seine Richtung und donnerte im vollen Lauf gegen die Wand. Denzel hielt gebührenden Abstand, als die Kreatur in sich zusammenfiel und wieder zu einem reglosen Haufen Chipstüten und Cola-Dosen wurde.

Er beobachtete den Müllberg eingehend, ob es irgendwelche Anzeichen gab, dass er sich wieder rühren würde. Er konzentrierte sich so sehr, dass er nicht bemerkte, wie eine Tür neben ihm aufging. Denzel zuckte zusammen, als Mr Gavistock aus einem Klassenzimmer trat.

»Was ist das für ein Lärm?«, wollte er wissen und schrie auf, als er auf einem angegessenen Käse-

Gurken-Sandwich ausrutschte und es ihm nur mit Mühe gelang, sich wieder zu fangen.

Entsetzt starrte der Lehrer auf den Haufen Abfall. Dann drehte er sich zu Denzel um und drohte ihm mit dem knochigen Zeigefinger. »Wie kannst du es wagen, Denzel? Wie *kannst* du nur? Sieh dir dieses Chaos an! Ich bin außer mir vor Wut. Verstehst du, was ich damit sagen will? Außer mir vor Wut!«

»Äh, ja, aber ...«, begann Denzel. Er stellte sich auf die Zehenspitzen, um über die Schulter des Lehrers gucken zu können.

»Du lässt keine Gelegenheit aus, mich zu enttäuschen, nicht wahr, Denzel?«

»Nein, aber –«

»Nach diesem Morgen dachte ich ... Sieh mich an, wenn ich mit dir rede!«, blaffte Mr Gavistock. »Wo willst du denn jetzt hin?«, wollte er wissen, als Denzel plötzlich zurückwich. »Bleib hier, sonst –«

WUSCH! Ein Arm wie eine Sense, hauptsächlich aus Plastikflaschen und Styroporverpackungen bestehend, schleuderte den Lehrer mit erstaunlich viel Kraft gegen die Wand.

Denzel schoss den Flur entlang, als Mr Gavistock zu Boden sackte. Das Müllmonster hatte sich wieder zusammengesetzt, und die Jagd ging weiter. Denzels Beine taten weh. Sein Herz raste. Und er musste dringend aufs Klo. Dies war zweifellos eine der fünf schrecklichsten Mittagspausen aller Zeiten.

Er bog um eine weitere Ecke und sah, dass der vor ihm liegende Flur brechend voll mit Schülern war. Sie saßen auf dem Boden und lehnten an den Wänden, redeten und lachten. Sie hatten keinen blassen Schimmer, dass gerade ein gewaltiges Monster auf sie zusteuerte.

Auf keinen Fall würde Denzel schnell durch diese Menschenmenge kommen. Er rutschte nach links und warf sich gegen den Notausgang, drückte den Hebel nach unten und stolperte hinaus. Der Alarm heulte los, wurde aber plötzlich von dem Lärm übertönt, den das sechs Meter hohe Müllmonster machte, als es durch die Tür hinter ihm brach.

»Ne, oder?«, stöhnte Denzel. Um ihn herum rissen seine Mitschüler erstaunt die Augen auf und brüllten dann entsetzt. Denzel hastete durch die durcheinanderlaufende Menge panischer Menschen, in Richtung … ja, in welche Richtung? Er hatte keinen Plan; er wusste nur, dass er so viel Abstand wie möglich zwischen sich und das Mülldding bringen musste.

Die Seitenausgänge der Schule befanden sich direkt vor ihm. Davor war eine Straße, und dann kam ein Wohngebiet mit einem Gewirr aus kleinen Gassen. Vielleicht konnte er das Monster dort abhängen.

Denzel senkte den Kopf und sprintete zum Ausgang, wobei er sich bemühte, die dröhnenden Schritte des Müllwesens hinter sich zu ignorieren. Denzel wich einem kleineren Jungen aus, der buchstäblich vor Angst erstarrt war, und dann sah er das Tor genau vor sich.

Mit einem letzten, verzweifelten Versuch zwang er seine Beine, sich noch schneller zu bewegen. Er hielt den Kopf gesenkt, warf sich mit dem ganzen Körper Richtung Ausgang – und knallte gegen steinharte Luft. Denzel taumelte rückwärts und hielt seinen plötzlich pochend schmerzenden Kopf.

»Au, au, au!«, jaulte er und verzog das Gesicht. Er sprang von einem Fuß auf den anderen und starrte in die Luft vor sich. »Was war das?«

Er streckte die Arme aus und probierte es mit einem etwas vorsichtigeren Laufschritt vorwärts. Praktisch sofort stieß er gegen eine unsichtbare Wand. Der Umriss seiner Hände *zischte* in der Luft und verschwand wieder, als Denzel zurücktrat.

»Was? Aber ... aber ...«, stotterte Denzel. Bevor er herausfinden konnte, was er eigentlich sagen wollte, umgab ihn plötzlich wieder der Gestank von fauligem Obst und alten Pommes Frites.

Langsam drehte Denzel sich um und sah nach oben.

Höher.

Und höher.

Das Müllmonster ragte über ihm auf. Es hatte sich Augen aus ketchupverschmierten Papptellern gegeben. An der Stelle, wo die Nase sein sollte, befand sich eine Pringles-Dose – aber das konnte auch Zufall sein.

»Eine der *drei* schrecklichsten Mittagspausen aller Zeiten«, flüsterte Denzel. Nun gab es kein Entkommen mehr. Er konnte nur darauf warten, dass ihn das Ding angriff, und hoffen, es würde nicht zu sehr wehtun.

Aber es griff nicht an. Es knickte mit einem Knie ein und beugte sich über Denzel. Der Gestank ließ ihn würgen. »Was ... was willst du?«, stieß er hervor. Statt zu antworten, fiel das Ding in sich zusammen. Ohne irgendeinen großen Knall oder sonstiges Trara – auf einmal sammelten sich bloß all die Einzelteile, aus denen es bestand, in seiner Mitte.

Der Abfall drängte sich zusammen und wurde zu einer buckeligen Kugel, nicht größer als ein Basketball. Mit einem schweren *Plopp* fiel er zu Boden, und Denzel blickte in die Mündung eines futuristischen Gewehrs.

Ein Junge, nicht viel älter als er selbst, hielt die Waffe an ihrem weniger bedrohlichen Ende und spähte mit einem Auge den Lauf entlang. Er trug eine blau- und silberfarbene Uniform und glänzende blaue Stiefel. Ein Mädchen in einem roten Umhang und einer Uniformjacke stand hinter ihm. Beide hoben überrascht die Augenbrauen.

»Du!«, sagte der Junge.

»Du?«, sagte das Mädchen.

»Äh, ja. Ich«, antwortete Denzel und starrte zurück. »Ich sollte wohl ›ihr‹ sagen, aber ich habe keine Ahnung, wer ihr seid«, plapperte er. Er hob die Arme. »Bitte nicht schießen, übrigens.«

Wenige Meter von ihnen entfernt ertönte ein wildes Kreischen. »Lasst meinen Freund in Ruhe!«

Schmitti stürzte sich, die Fäuste schwingend, auf den Jungen mit der Waffe. Der Junge tat einen Schritt zur Seite, und Schmitti segelte an ihm vorbei. Er donnerte gegen einen Mülleimer, wedelte ein paar Sekunden panisch mit den Armen und stürzte dann mit dem Kopf voran hinein.

»Wieder verschätzt«, sagte Schmitti mit hallender Stimme. »Hätte das besser durchdenken sollen. Ähm ... Seid ihr noch da? Könnte mir jemand vielleicht ...?«

Das Mädchen packte Schmitti am Gürtel und zog ihn aus dem Abfalleimer. »Danke«, sagte der, klopfte seine Klamotten ab und sprang dann vor Denzel, die Hände in einer Karate-Angriffspose. »Keinen Schritt weiter! Ich warne euch!«

Der Junge senkte das Gewehr, und Schmitti nickte zufrieden. »Ja. So ist es gut. Verschwinde, Mann. In den richtigen Händen sind diese ... Hände tödlich.« Er verzog das Gesicht. »Das war seltsam formuliert ..., aber ihr wisst, was ich meine.«

Der Müllball bebte, woraufhin Denzel und Schmitti beide aufschrien und zurückwichen. Das Mädchen kniete sich neben ihn. Sie murmelte etwas Unverständliches und band etwas, das aussah wie ein Bündel sehr langer Zweige, rings um das dichte Paket aus Abfall.

»Was ist das?«, fragte Denzel.

»Weidenzweige«, antwortete das Mädchen. »Gesegnet von den drei Personifikationen der Göttin Brigantia, sodass sie eine bindende Kraft über die dunklen Mächte haben.«

Denzel blinzelte. »Oh, cool. Nett von ihr«, sagte er. »Aber ich meinte das Mülldding.«

»Ein Geist«, sagte der Junge.

»Ein Geist?«, wiederholte Denzel, und Schmitti und er lachten, bis ihnen auffiel, dass die anderen beiden nicht mitlachten. »Was? Das meinst du doch nicht ernst, oder?«

»Technisch gesehen ist es eine ektoplasmatische Manifestation«, sagte das Mädchen und stand auf. Es hatte die Weidenzweige fest um den Müllball gezurrt, der nicht die geringsten Anstalten machte, sich zu bewegen.

»Ach so, klar«, sagte Denzel. »Eine von denen.«

Der Junge musterte ihn abschätzig. »Also … Was machen wir mit euch?«

Das Mädchen stieß ihn an. »Die wichtigere Frage ist: Was machen wir mit *denen?*«

Sie zeigte auf die Schule. Buchstäblich die gesamte Schülerschaft drängte sich gegen die Fenster, um zu verfolgen, was draußen geschah.

Der Junge schnalzte mit der Zunge. »Die Barriere steht, oder?«

Das Mädchen streckte die Hand an Denzels Kopf vorbei und dann den Zeigefinger aus. Ein Knistern von Energie bewegte sich ihren Arm entlang. »Jep.«

»Dann gib ihnen Gas«, sagte der Junge. Er griff in eine Tasche an seinem Gürtel und holte ein Stück durchsichtiges Plastik hervor. Er zog es sich über Nase und Mund und nickte dem Mädchen zu, es solle dasselbe tun. »Eine Portion Gas für alle.«

Es dauerte ein paar Sekunden, bis seine Worte in Denzels Gehirn vorgedrungen waren. Das Mädchen setzte gerade die eigene Maske auf, als er endlich reagierte.

»Was? Was wollt ihr damit sagen?«, fragte er. Er krümmte und wand sich, als der Junge ihn mit einem

Arm von hinten umklammert hielt und eine Plastikmaske über die untere Hälfte seines Gesichts gestülpt wurde.

Das Mädchen nahm einen Beutel von dem goldfarbenen Stück Seil, das sie wie einen Gürtel um die Hüfte trug, und schüttete sich ein wenig Glitzerstaub in die Hand. »Was ist mit ihm?«, fragte sie und zeigte mit dem Kinn Richtung Schmitti. Der hüpfte immer noch von einem Fuß auf den anderen und wedelte karatemäßig mit den Händen.

Der Junge zuckte mit den Schultern. »Was soll mit ihm sein?«, fragte er.

»Du bist krass«, sagte das Mädchen und drückte den Glitzer gegen die unsichtbare Wand. Nun schimmerte diese und stellte sich als gewaltige Kuppel über der ganzen Schule heraus.

»W-was macht ihr?«, wollte Denzel wissen. Aber bevor einer der beiden antworten konnte, füllte sich die gesamte Kuppel mit einer erstickenden, orangefarben funkelnden Wolke.

Kapitel 5

Denzel hob schnell einen Fuß und stampfte dem Jungen, der immer noch hinter ihm stand, mit voller Kraft auf die Zehen. Doch der zuckte nicht einmal zusammen.

»Stahlkappen«, knurrte er in Denzels Ohr. »Und ich würde so was nicht noch mal probieren.«

Er lockerte seinen Griff, und Denzel stürzte beinahe nach vorn in den aufgewirbelten Staub. Er hüllte ihn vollkommen ein, glitzernd wie das Zeug in einer Schneekugel. Denzel konnte kaum den Umriss des Schulgebäudes erkennen und glaubte, wenn er sich nur genug konzentrieren würde, die schwachen Schreie seiner Klassenkameraden hören zu können.

»Was habt ihr getan?«, rief er. »Ihr habt sie umgebracht! Ihr habt …«

Ein Kräuseln ging durch den Nebel, und dieser verschwand augenblicklich. Die Schüler starrten Denzel ausdruckslos an.

»… überhaupt nichts gemacht«, beendete der seinen Satz. Die anderen Schüler blinzelten, als würden sie aus einem Traum erwachen. Einer nach dem anderen gingen sie davon, schnatterten, lachten und aßen ihre Lunchpakete.

Schmitti kam, die Hände in die Hosentaschen gestopft, zu Denzel herübergeschlendert. »Alles in Ordnung?«

Erleichtert atmete Denzel auf, schlang die Arme um seinen Freund und drückte ihn fest. »Dir geht es gut!«

»Lass los«, sagte Schmitti und wurde rot. »Natürlich geht es mir gut. Warum denn nicht?«

»Er erinnert sich an nichts«, sagte das Mädchen, das sich zu ihnen gesellte.

»Doch«, sagte Schmitti.

»Das Gas, das du gesehen hast, ist die durch die Luft übertragene Variante eines Zauberpuders, das wir verwenden, um eine Form des Gedächtnisschwunds herbeizuführen. Niemand in der Schule wird sich an das erinnern, was gerade geschehen ist.«

»Ich erinnere mich«, widersprach Schmitti.

»Wir haben die Eindrücke komplett aus ihrem Gedächtnis gelöscht«, erklärte das Mädchen weiter. »Ihre Gehirne werden sich irgendwelche Erklärungen für die fehlenden letzten zehn Minuten ausdenken.«

»Aber was wirklich passiert ist«, fügte der Junge hinzu, »weiß keiner außer uns dreien.«

»Uns vieren«, verbesserte ihn Schmitti.

»Wovon redest du?«, fragte das Mädchen leicht genervt. »Dein Kurzzeitgedächtnis ist leer. Du erinnerst dich an gar nichts.«

»Doch, tue ich.« Schmitti zeigte auf den zusammengebundenen Müllball. »Das war ein riesiges Müllmonster. Ich bin in den Mülleimer gefallen. Zweimal. Du hast mich rausgezogen, ich hätte euch beinahe k. o. gekickt, aber ihr hattet Glück, dass ich es mir anders überlegt habe.«

Der Junge und das Mädchen wechselten einen Blick. Keiner der beiden konnte seine Überraschung verbergen. »Was?«, platzte das Mädchen heraus. »Aber ... Wie? Wie kann es sein, dass du dich daran erinnerst?«

Schmitti klopfte sich an den Kopf. »Ihr wisst ja: Ein Elefant vergisst nie.«

Einen Moment lang sagte keiner etwas. Denzel räusperte sich vorsichtig. »Ja. Aber du bist kein Elefant, oder?«

Schmitti runzelte die Stirn. »Na und?«

»Dann gilt der Spruch nicht für dich.«

Schmitti brauchte ein paar Sekunden, um das zu verarbeiten. »Moment mal – das bezieht sich doch nicht *wirklich* auf Elefanten, oder?«

Denzel nickte. »Doch.«

»Es bezieht sich *wirklich* auf *echte* Elefanten?«

»Natürlich«, sagte Denzel. »Was dachtest du denn?«

»Na ja, so was wie: *Niemand* vergisst *irgendwas*«, sagte Schmitti.

Denzel schüttelte den Kopf. »Nein, es heißt einfach nur, dass Elefanten nichts vergessen.«

Das Mädchen drängte sich dazwischen. »Hört mal, Elefanten sind jetzt gerade ziemlich egal!« Es drehte sich zu Schmitti um. »Wie kann es sein, dass es bei dir nicht wirkt? Wie machst du es, dass du dich trotzdem an alles erinnerst?«

»Keine Ahnung«, sagte Schmitti achselzuckend. »Ich vermute mal, es liegt an meinen Nasennebenhöhlen. Ich habe so – ich kann es leider nicht anders beschreiben – Schleimpfropfen in meiner Nase. So dicke, fette, schleimige Klumpen, die –«

»Okay, okay, ich habe verstanden«, unterbrach ihn das Mädchen, ein bisschen bleicher als vorher.

»Sie sind wie Rotzkorken, wenn du weißt, was ich meine. Ihretwegen kann ich nicht durch die Nase atmen und auch nichts riechen. Guck.«

Er hob die Arme und schnüffelte ausgiebig an seinen Achselhöhlen. »Siehst du? Ich rieche nichts«, sagte er mit geblähten Nasenflügeln. »Na ja, *ein bisschen*, aber es ist wirklich ganz schwach.«

Er tippte sich an die Nase und grinste. »Schleimpfropfen. Immer dabei!«

»Na toll«, sagte das Mädchen und warf die Arme in die Luft. »Er erinnert sich. Also, was machen wir jetzt mit ihnen?«

»Wir nehmen sie mit«, sagte der Junge.

»Wie, beide?«

Der Junge blickte zwischen Denzel und Schmitti hin und her. Er kniff die Augen zusammen und packte sein Sturmgewehr fester. »Ja«, antwortete er. »Beide.«

*

Denzel und Schmitti hockten dicht nebeneinander im Laderaum eines weißen Transporters und wurden nun schon seit einigen Minuten durchgerüttelt. Sie saßen auf einer Edelstahlkiste, die die gesamte Seite des Laderaums einnahm und so weit entfernt davon war, bequem zu sein, wie es nur ging. Ihnen gegenüber stand eine Holztruhe an der Transporterwand. Bilder von Dämonen und geheimnisvolle Symbole waren in das dunkle Holz geschnitzt.

Als der Transporter um eine Kurve fuhr, legte Schmitti die Füße auf die Truhe und lehnte sich zurück, die Arme hinter dem Kopf verschränkt.

»So lässt's sich leben, was?«

Denzel starrte ihn an. »Wovon redest du?«, fragte er flüsternd, damit der Junge und das Mädchen im Führerhaus ihn nicht hörten. »Wir sind entführt worden.«

Schmitti wurde blass. »Was? Wann?«

»Gerade eben!« Er zeigte ausladend auf das Innere des Transporters. »Was glaubst du denn, was das hier ist?«

Schmitti sah sich um und riss die Augen auf. »Oh, super. Und wie ist das passiert?«

Denzel hatte Mühe, sich zu beherrschen und leise zu sprechen. »Er hat mit einer Waffe auf uns gezielt. Er hat uns hier reingeschubst und gesagt: ›Keine Sperenzchen, oder ich erschieße euch‹. Erinnerst du dich? Klingelt's?«

Schmitti schluckte. »Ich dachte, das wäre auch nur so ein Spruch. Wie das mit dem Elefantengedächtnis.«

Denzel biss sich auf die Faust, um nicht loszuschreien. »Nur so ein Spruch?«, quietschte er. »Du hast gedacht, ›Keine Sperenzchen, oder ich erschieße euch‹ sei *nur so ein Spruch*?«

»Ich wüsste ja gerne, ob der überhaupt schon fahren darf«, sagte Schmitti. »Er sieht aus wie neun!«

»Tut er nicht.«

»Okay, du hast recht, nicht wie neun, dafür ist er echt zu groß. Aber er sieht auch nicht alt genug aus, um schon einen Führerschein zu haben.«

»Er sieht auch nicht alt genug aus, um einen Waffenschein zu haben«, sagte Denzel. »Aber das stört ihn offensichtlich genauso wenig.«

»Alles in Ordnung bei euch dahinten?«, fragte das Mädchen und drehte sich zu ihnen um.

»Klar«, antwortete Denzel, aber es klang wie das Piepsen einer Maus, also räusperte er sich. »Klar«, wiederholte er, diesmal mit einer viel tieferen Stimme. Vielleicht etwas zu tief.

Das Mädchen lächelte. Denzel fiel auf, dass es ein ziemlich nettes Lächeln war. »Wahrscheinlich habt ihr jede Menge Fragen.«

Schmitti zeigte auf den Jungen. »Erschießt er uns?«

»Nein«, sagte das Mädchen.

»Ja«, sagte der Junge.

»Vielleicht«, gab das Mädchen zu. »Er schießt gerne, aber solange ihr ihm keinen Grund dafür gebt, tut er es nicht.«

Der Junge verstellte den Rückspiegel, sodass Denzel und Schmitti seine Augen sahen. »Aber ich könnte«, sagte er und funkelte sie an.

Denzel und Schmitti wechselten einen besorgten Blick. »Vielleicht solltest du eine Weile die Klappe halten«, flüsterte Denzel. Schmitti nickte, machte das Okay-Zeichen und tat so, als würde er den Mund verschließen.

»Wer seid ihr?«, fragte Denzel.

»Wir sind uns schon mal begegnet«, sagte das Mädchen. »Gestern, bei dir zu Hause.«

Denzel runzelte die Stirn. »Nein, sind wir nicht, daran ... Oh. Das Glitzergas?«

Das Mädchen nickte. »Genau. Als Puder, aber ja, genau das. Sorry.« Sie reichte Denzel die Hand. »Samara. Das ist Boyle.«

»*Unteroffizier* Boyle, Truppenleiter«, korrigierte er sie, und selbst seine Stimme schien strammzustehen.

»Boyle, Leiter?«, wiederholte Schmitti. »So wie ... Eiterbeule?« Er lachte laut auf.

»Pass auf, was du sagst«, antwortete der Junge. »Sonst schieße ich dir wirklich ins Gesicht. «

Wieder tat Schmitti so, als würde er sich den Mund verschließen und nickte.

»Ich bin Denzel«, sagte dieser. »Das ist Schmitti.«

»Freut mich, dich nun richtig kennenzulernen«, sagte Samara mit diesem Lächeln, das Denzel langsam wirklich liebgewann.

Er schob den Gedanken beiseite.

»Aha. Okay. Aber *wer* seid ihr?« Er sah auf den sorgfältig eingewickelten Müllball hinunter, der zwischen die Holztruhe und die Vordersitze des Transporters gestopft war.

»Und was war dieses Ding?«

»Wir gehören einer ultrageheimen Organisation an, die die Menschheit vor paranormalen Unregelmäßigkeiten beschützt«, sagte das Mädchen. »Wir haben viele Namen. Kult des Sh'grath. Boten des Allüberall. Siebte Armee der Erleuchteten. Aber wir bevorzugen S.P.U.K., ist kürzer.«

Denzel runzelte die Stirn noch ein wenig mehr, so sehr, dass er seine Augenbrauen sah. »Paranormale Unregelmäßigkeiten?«

»Genau«, sagte Boyle. »Wir fangen Geister. Wie der Name schon sagt.«

Mit einem *Plumps* fiel Schmitti nach vorn. Aber er richtete sich sofort wieder auf, die Augen entsetzt aufgerissen. »Ihr fangt *Geister*?«

»So ist es«, sagte Samara.

»Ihr *fangt Geister*?«, sagte Schmitti noch einmal. »Äh ... Seit wann denn? Ich meine ... Wie lange schon?«

»Jahrhunderte«, antwortete Samara.

Schmitti neigte den Kopf zuerst nach links und dann nach rechts und musterte Samara und Boyle. »Wie alt seid ihr genau?«

»Nicht wir persönlich, natürlich«, sagte Boyle gereizt. »Die Organisation gibt es seit Jahrhunderten.«

Schmittis Mund klappte auf und zu wie ein Fischmaul. »Aber ... Warum ... Warum hat mich niemand darüber informiert?«

»Warum sollten sie?«, fragte Denzel.

Schmitti hob den Zeigefinger und atmete ein, als wollte er etwas sagen, überlegte es sich dann aber anders. »Hmm, guter Punkt. Absolut«, sagte er.

Er war gerade dabei aufzustehen, als Boyle abrupt bremste. »Aaah!«, kreischte Schmitti. Er wurde gegen die Vordersitze geschleudert, prallte von ihnen ab und landete auf dem Boden.

»Wir sind da«, sagte Boyle. Er zeigte auf Denzel und Schmitti. »Wir sollten ihnen die Augen verbinden, damit sie nicht herausfinden können, wo wir sind.«

Sofort schüttelte Samara den Kopf. »Ich glaube nicht, dass das nötig ist. Sie werden es ohnehin nicht erkennen.«

»Hey, ist das nicht die Kirche auf der Wiggins Street?«, sagte Schmitti und verdrehte den Hals, damit er besser durch die Windschutzscheibe gucken konnte.

Unter Boyles wütendem Blick wurde Samara ganz klein und räusperte sich leise. »Okay, wir hätten ihnen die Augen verbinden sollen«, gab sie zu.

Sie und Boyle öffneten die Türen und sprangen hinaus. Sobald sie die Türen zuschlugen, sagte Schmitti zu Denzel: »Wir müssen sie überwältigen.«

»Auf keinen Fall«, sagte Denzel.

Schmitti griff nach dem Müllball. Er war schwerer, als er aussah. »Ich werfe das hier nach dem Leiter.«

»Boyle«, berichtigte ihn Denzel.

»Was?«

»Er heißt Boyle mit Vornamen.«

Schmitti runzelte die Stirn. »Und wer ist der Leiter?« Er schüttelte den Kopf. »Egal. Ich werfe das hier nach Boyle und trete dem Mädchen gegen die Luftröhre.«

»Ganz schlechte Idee«, zischte Denzel. Die Türen gingen auf.

»Mach dich bereit«, flüsterte Schmitti.

»Nein, lass es! Denk nicht einmal daran!«, protestierte Denzel, aber es war zu spät. Schmitti zielte und schleuderte den Müllball genau in dem Moment durch die Türen, als sie geöffnet wurden. Boyle fing den Ball locker mit einer Hand und steckte ihn sich unter den Arm.

»Danke«, sagte er.

Schmitti lächelte schwach. »Sehr gerne«, sagte er. »Super gefangen, übrigens.«

Er und Denzel sprangen aus dem Transporter und versanken bis zu den Knöcheln in einer Pfütze. Boyle grinste. »Vorsicht, Pfütze.«

Samara seufzte. »Ignoriert ihn einfach. Er hält sich für besonders witzig.«

»Komm schon, das war ziemlich witzig«, sagte Boyle. »Sie sind mittendrin gelandet.«

»Na ja, wäre es vielleicht ... Wenn du nicht selbst in der Pfütze stehen würdest ...«, sagte Samara. Boyle sah nach unten. Wasser sickerte durch die Schnürsenkellöcher in seinen Stiefeln. Zu Denzels Verblüffung schwebte Samara ein paar Zentimeter über dem Boden.

Boyle murmelte etwas Unverständliches und machte einen Schritt raus aus der trüben Pfütze. Samara schloss die Transportertüren und legte eine Hand gegen das Metall. »Geht schon mal vor mit Boyle, ich komme gleich nach«, sagte sie. »Und guckt nicht so besorgt. Wir sind die Guten.«

Denzel und Schmitti folgten Boyle einen schmalen Pfad entlang, der zur Rückseite der Kirche führte. Als sie einige Schritte gegangen waren, hörten sie hinter sich ein *Wuuusch*. Denzel drehte sich um und sah, wie Samara ihnen mit großen Schritten, die Arme schwingend, folgte. Der Transporter war verschwunden.

Schmitti beugte sich zu Denzel. »Was haben die mit uns vor?«

»Ich weiß es nicht«, gab Denzel zu.

»Ich glaube, Samantha mag mich«, flüsterte Schmitti.

»Samara«, berichtigte Denzel ihn.

»Ich glaube, Samara mag mich. Pass mal gut auf.«

Schmitti drehte sich um und ging rückwärts neben Denzel her. »Hey, Entschuldigung? Wie heißt du noch mal?«

»Samara.«

»Sach ma ... was?!«, rief Schmitti. Er grinste breit. »Versteht ihr?«

Boyle warf einen Blick über die Schulter. »Soll ich ihn erschießen?«

Samara schüttelte den Kopf. »Äh ... Nein. Ist schon in Ordnung.«

Schmitti zwinkerte ihr zu und drehte sich wieder nach vorn. »Siehst du?«, flüsterte er.

»Was soll ich sehen?«

»Sie hätte mich ohne Probleme erschießen lassen können, hat sie aber nicht«, erklärte er. Er begann leise zu singen. »Samara liebt Schmitti, Samara liebt Schmitti ...«

»Wir sind da«, blaffte Boyle und blieb plötzlich vor einer völlig normalen – wenn auch ziemlich alten – Holztür stehen. Auf Kopfhöhe war ein furchterregend aussehender eiserner Türklopfer befestigt. Er sah aus wie das Gesicht einer verrückten, froschähnlichen Kreatur mit Glotzaugen.

Da sich die Tür an der Rückseite der Kirche befand, war sie von der Straße aus nicht zu sehen, trotzdem schaute Boyle sich um, ob jemand sie beobachtete. Als er sicher war, dass die Luft rein war, ging er näher an das Froschding heran und starrte ihm in die Augen.

Ein leises *Piep* ertönte, und die Tür öffnete sich einen Spaltbreit. Dahinter war nichts zu erkennen außer Dunkelheit. Boyle trat einen Schritt zurück und zeigte mit seinem Gewehr hinein. »Frauen und Kinder zuerst«, sagte er und sah Denzel und Schmitti an.

Schmitti rümpfte beleidigt die Nase. »Wir sind keine Kinder«, sagte er. »Oder Frauen.« Er sah Denzel an. »Sind wir doch nicht, oder?«

»Frauen nicht, Kinder schon.«

»Oh. Stimmt. Na gut ...«, sagte Schmitti. Er nickte Boyle zu. »Wenn das so ist: vielen Dank.« Denzel und er griffen gegenseitig die Ärmel ihrer Jacken und gingen über die Türschwelle in die dahinter lauernde Finsternis.

Kapitel 6

Hinter der Tür war kaum Platz. Boyle und Samara zogen die Tür hinter sich zu. Nun war es noch dunkler.

Einen Augenblick später ging ein Licht über ihren Köpfen an, und plötzlich stand Denzel vielen Versionen seiner selbst gegenüber. Sie befanden sich in einem schmalen, rechteckigen Raum, an dessen Wänden überall Spiegel hingen. Auch die Rückseite der Tür war verspiegelt, und Denzel konnte sich aus jeder Perspektive sehen, ohne den Kopf zu bewegen.

»Ist das euer geheimer Stützpunkt?«, fragte Schmitti. »Ganz schön klein.«

»Wahrscheinlich ist das bloß der Aufzug«, sagte Denzel. »Oder?«

Samara nickte und zeigte ihr nicht unschönes Lächeln. Sie drückte einen von zwei Knöpfen an der Wand. »Es dauert eine Weile«, sagte sie und verschränkte die Hände hinter dem Rücken, als der Lift sich langsam abwärts bewegte.

Boyle hatte immer noch den Müllball unter dem Arm. Er hielt das Gewehr gesenkt, aber die Art und Weise, wie er es umklammerte, legte nahe, dass er es jederzeit hochreißen würde. Denzel lächelte ihn probehalber an, aber daraufhin guckte Boyle nur noch finsterer, also ließ er es schnell wieder sein.

Ein peinliches Schweigen breitete sich aus. Samara pfiff leise vor sich hin, bis sie merkte, dass Boyle sie anstarrte, und verstummte.

»Wollen wir ein Spiel spielen?«, brach Schmitti das Schweigen.

Denzel schüttelte den Kopf. »Nein«, sagte er nachdrücklich.

»Was hättet ihr lieber, okay?«, fuhr Schmitti fort. »Hände, wo eure Füße sind, und Füße, wo eure Hände sind – *oder* Füße, wo eure Hände sind, und Hände, wo eure Füße sind?«

»Das ist dasselbe«, sagte Samara.

Schmitti schüttelte den Kopf. »Nein, ist es nicht.«

»Sie hat recht«, sagte Denzel. »Es ist dasselbe.«

»*Nein*«, protestierte Schmitti. »Also, hört mal. Passt auf. Man kann *Hände* haben, wo eigentlich *Füße* sind, und *Füße*, wo *Hände* sind – oder *Füße*, wo ... Oh, stimmt, es ist dasselbe.«

Er blickte langsam umher, als würde er etwas suchen. »Okay, was ist damit. Hättet ihr lieber Hände, wo Füße sind und so weiter, wie ich gerade gesagt habe, ja?«

Denzel seufzte. »Jaaa …«

»*Oder* einen Kopf aus Zwiebeln?« Schmitti verschränkte die Arme und wippte auf den Füßen vor und zurück. Boyle starrte ihn einige Sekunden ausdruckslos an und fragte Samara dann: »Soll ich ihn *jetzt* erschießen?«

Bevor sie antworten konnte, kam der Aufzug mit einem Ruck zum Stehen, und die Tür wurde nach innen aufgestoßen. Das schrille Geheul eines Alarms füllte den kleinen Raum aus.

»Auf die Knie! Los, los!«, brüllte jemand, und plötzlich war der Aufzug voll mit wütenden Menschen. Ein Mädchen mit kurzen Haaren und einer feuerroten Narbe, die quer über die gesamte Hälfte ihres Gesichts verlief, führte die Meute an. Sie zielte mit einer Handfeuerwaffe direkt auf Denzels Kopf, der automatisch die Hände hob. Die Waffe war so groß, dass er es komisch gefunden hätte, wäre er nicht so sehr damit beschäftigt gewesen, Angst zu haben.

Das Mädchen trug eine ähnliche Uniform wie Boyle. Dahinter folgten noch ein Junge und ein Mädchen im selben blau-silbernen Tarnmuster.

Hinter diesen beiden meinte Denzel weitere Personen in Uniformjacken und Mänteln erkennen zu können, doch im Augenblick interessierte ihn vor allem die Waffe, die genau auf den Punkt zwischen seinen Augen gerichtet war.

»Du hast gehört, was ich gesagt habe!«, bellte das Mädchen. »Auf die Knie!«

»Nein, lass, ist schon in Ordnung«, sagte Boyle zu Denzel. »Entspann dich, Knightley. Sie gehören zu uns.«

Knightley wandte den Blick nicht von Denzel. Einer der anderen Soldaten hielt sein Gewehr auf Schmitti gerichtet, der, wie Denzel bemerkte, bereits auf die Knie gesunken war.

»Die Sensoren haben ein Freiform-Phantom Stufe 4 in diesem Aufzug angezeigt«, brüllte Knightley. Sie schien gerne zu brüllen. »Ich bin nicht bereit, irgendein Risiko einzugehen. Auf die Knie, Junge. Sofort.«

Denzel wollte sich hinknien, aber plötzlich zielte auch Boyle mit dem Gewehr auf ihn. »Denzel, wenn du dich hinkniest, dann erschieße ich dich höchstpersönlich, das schwöre ich.«

»Oh Mann«, protestierte Denzel, auf halbem Wege Richtung Boden eingefroren. Hektisch blickte er von einer Waffe zur anderen und versuchte zu entscheiden, welche wohl den größeren Schaden anrichten konnte. Boyles gewann, aber der Vorsprung war knapp.

»Gilt das auch für mich?«, fragte Schmitti. »Ich knie ja schon eine Weile, deswegen wäre es ziemlich unfair, wenn du mich jetzt erschießen würdest.«

»Steh auf«, sagte Boyle.

»Bleib unten«, blaffte Knightley.

»Euer Kindergartengetue geht mir auf die Nerven«, sagte Samara. Sie zog den Müllball unter Boyles Arm hervor und hielt ihn Knightley unter die Nase. »Hier.«

Knightley wandte den Blick lang genug von Denzel ab, um zu gucken, was Samara in der Hand hatte. »Was ist das?«

»Ein Freiform-Phantom Stufe 4«, sagte Samara. »Wir konnten es nicht versteinern, aber es ist eingewickelt und bereit für die Weiterverarbeitung.«

Knightley hielt ihre Waffe weiterhin auf Denzel gerichtet, der sich nach wie vor auf halber Höhe zwischen Knien und Stehen befand. Seine Oberschenkel brannten höllisch, und er hatte das dumme Gefühl, furzen zu müssen.

Samara hob den Müllball höher. Knightley senkte den Kopf ein wenig, um mit der Zunge über einen zerknüllten Pappteller fahren zu können. Denzel und Schmitti verzogen angewidert das Gesicht.

»Iih«, sagte Schmitti leise. »Lippen, die Müllmonster küssen, werden meine nie berühren.«

Knightley ließ die Waffe sinken. Sofort richtete Denzel sich mit einem Stöhnen auf. Knightley steckte die Waffe weg, schnappte Samara den Müllball aus der Hand und drehte sich abrupt um.

»Gern geschehen, Knightley«, sagte Boyle.

Sie zögerte, als wollte sie etwas antworten, marschierte dann aber davon und zwang die anderen, ihr hastig auszuweichen.

»Die war ja nett«, sagte Denzel und atmete aus. Er hatte gar nicht gemerkt, dass er die Luft angehalten hatte. Boyle fuhr herum.

»Was hast du gesagt?«, fragte er scharf.

»Äh, nur, dass sie nett war«, sagte Denzel. »Das war aber ironisch gemeint.«

»Weil sie nicht nett war«, ergänzte Schmitti, der immer noch kniete. »Sie war *kein bisschen* nett.«

»Warum sollte sie ›nett‹ sein?«, knurrte Boyle. »Sie ist nicht da, um nett zu sein, sondern um ihren Job zu machen. Mit dem sie Leute wie euch beschützt.«

»Okay, okay«, sagte Denzel. »Ich habe das nur gesagt, weil ich dachte, dass du sie auch nicht magst.«

»Tu ich auch nicht«, sagte Boyle scharf.

»Niemand mag sie«, bestätigte Samara.

»Aha. Na dann«, sagte Denzel, offensichtlich ratlos. »Gut. Also … Ich meine … Dann ist ja alles gut. Warum schreist du mich so an?«

Boyle zuckte irritiert und drehte sich zurück, den Blick zur Tür gerichtet. Der Alarm hörte auf zu kreischen, und Boyle schwang sich den Gewehrriemen über die Schulter. »Kommt. Wir gehen zu Quinn.«

Er stampfte aus dem Aufzug. Samara sagte zu Denzel: »Mach dir keine Gedanken. Wenn man ihn besser kennenlernt, merkt man, dass er ein Schmusekätzchen ist. Nur eben ein ziemlich wütendes. Wie ein Tiger oder ein Löwe. Mit einer gefährlichen Waffe.« Sie lächelte fröhlich. »Kommt jetzt. Los geht's.«

Nachdem er Schmitti aufgeholfen hatte, folgte Denzel Boyle aus dem Lift in einen hell erleuchteten Flur. Die Wände waren metallisch grau und spiegelblank poliert. Alles wirkte kahl und kalt – abgesehen von einem riesigen Ölgemälde gegenüber der Aufzugtür.

»Wer ist das?«, fragte Schmitti und beäugte das Bild. Darauf war eine Frau mittleren Alters in einem Hosenanzug zu sehen, die völlig durchschnittlich gewirkt hätte, wären ihre Hände nicht gewesen. In einer hielt sie ein Gewehr, nicht unähnlich dem, das eben noch auf Denzels Gesicht gerichtet gewesen war, und in der anderen hielt sie so etwas wie einen blauen Feuerball.

Sie lächelte, aber nur mit dem Mund. Der Rest ihres Gesichts machte nicht mit. Ja, je länger Denzel es betrachtete, desto weniger ähnelte es einem Lächeln. Es war ein Lächeln, das sich jemand antrainiert hatte, dessen Begabungen woanders lagen.

»Das ist Direktor Quinn«, sagte Samara. »Zu ihr gehen wir jetzt.«

»Cool!«, sagte Schmitti. »Brennt ihre Hand dann auch?«

»Hoffentlich nicht«, sagte Samara und kaute auf der Unterlippe.

»Warum hat sie dieses Feuer in der Hand?«, fragte Denzel.

»Es soll ihre magischen Fähigkeiten darstellen«, erklärte Samara. »Und das Gewehr steht dafür –«

»Dass sie gerne Leute erschießt?«, riet Schmitti.

»Dass sie genauso gut mit Wissenschaft und Technologie umgehen kann«, beendete Samara ihren Satz. »Sie hat die Waffe erfunden, die sie da in der Hand hält.«

»Boah«, staunte Schmitti. »Hat sie auch das Feuer erfunden?«

Samara starrte ihn einen Moment lang an, aber sein Gesicht verriet nichts als echte Neugier. »Äh, nein. Nein, ich glaube nicht, dass sie das war.«

»Beeilt euch«, sagte Boyle. Er wartete an der Stelle, wo der Flur eine Linkskurve machte. In die andere Richtung bog der Flur nach rechts ab, und Denzel dachte, wenn sie nur weit genug gingen, würden die Flure sich irgendwann treffen.

Samara bedeutete den Jungen, Boyle zu folgen. Er marschierte ungeheuer schnell, und sie hasteten ihm halb gehend, halb rennend hinterher.

Dabei kamen sie an Dutzenden Türen auf beiden Seiten des Flurs vorbei, die alle mehr oder weniger gleich aussahen: dasselbe trübe Grau, die gleichen polierten Messinggriffe. Sie unterschieden sich nur durch das, was auf den kleinen Plaketten neben ihnen stand.

Sie liefen zu schnell, als dass Denzel sie alle hätte entziffern können, aber ein paar Wörter schnappte er auf – »paranormal« zum Beispiel, oder »Phantom-«. Auf einem besonders langen Schild stand: »transpandimensional«.

»Was ist dahinter?«, fragte er. Er zeigte auf eine Tür direkt vor ihnen. Auf der Plakette stand: *Geisterzellen 9–12*.

»Da halten wir die Geister gefangen«, erklärte Samara, als wäre das die normalste Sache der Welt. »Die hier drin sind nicht besonders schlimm. Hauptsächlich Mörder. Ein paar Fleischfresser.«

»Eine Augenlutscherin«, ergänzte Boyle.

»O ja, die war lustig«, sagte Samara. »Die wirklich gefährlichen werden viel weiter unten festgehalten.«

»Ah. Verstehe«, sagte Denzel schwach. Hätte er doch nie gefragt.

»Und dieser Alarm entdeckt jeden Geist, der hierherkommt?«, fragte Schmitti.

»Genau«, bestätigte Samara.

»Echt *alle* Geister?«, hakte Schmitti nach. »Könnten Geister hier reinkommen, ohne dass ihr es mitkriegt?«

Boyle schnaubte. »Nein.«

»Aha. Gut«, sagte Schmitti. »Interessant.«

»Wieso ist das denn alles hier?«, fragte Denzel. »Und nicht in London oder so?«

»Warum sollten wir in London sein?«

»Na ja, da ist doch alles, was irgendwie mit Regierung und so zu tun hat, oder?«

Boyle starrte ihn an. »Wir gehören nicht zur Regierung.«

»Es hat mit der Anomalie-Dichte zu tun«, sagte Samara.

»Ich wusste es!«, rief Schmitti. »Genau das wollte ich auch gerade sagen. Anormale Geschichte.«

»Anomalie-Dichte«, korrigierte Samara ihn.

Schmitti nickte und lächelte. »Jap, genau das. Erzähl weiter.«

»Kurz gesagt, gibt es überall auf der Welt Gegenden mit besonders vielen Geistern. Orte, an denen Geister in überdurchschnittlich großer Zahl auftreten. An den meisten von ihnen gibt es Zweigstellen der S.P.U.K.«

»Warum?«, fragte Denzel.

»Warum was?«

»Warum sammeln sie sich an diesen Orten?«

Sie blieben vor zwei imposanten Flügeltüren stehen, die den Flur vor ihnen verriegelten. »Wir wissen es nicht«, gab Samara zu. »Wir wissen nur, dass wir hier sind, weil es hier Geister gibt.« Sie fummelte an ihrem Gewand herum und drehte die Ringe an ihren Fingern in die richtige Position. Boyle hob eine Hand, um zu klopfen, und zögerte einen Moment.

»Augenblick«, sagte eine Stimme von innen, noch bevor er tatsächlich klopfen konnte.

Sie warteten vor der Tür, Boyle stand stramm, die anderen mehr oder weniger krumm. »Wollt ihr eure Eltern anrufen oder so etwas?«, fragte Samara leise. »Ihnen irgendetwas erzählen, falls ihr später nach Hause kommt?«

»Die sind eh noch nicht von der Arbeit zurück«, sagte Denzel.

Samara wandte sich an Schmitti. »Du?«

»Ich? Was?«, fragte Schmitti. »Ich habe nicht zugehört.«

»Sie hat gefragt, ob du deine Eltern anrufen willst«, sagte Denzel. Er hoffte, dass er nicht in ein Fettnäpfchen getreten war. Schmitti hatte noch nie etwas von seinen Eltern erzählt, und ihm wurde gerade klar, dass er keine Ahnung hatte, wie sein Freund lebte.

»Nee, die sind momentan nicht zu Hause«, sagte Schmitti.

»Herein«, befahl eine Stimme hinter der Tür.

Boyle warf Samara rasch einen Blick zu und griff dann nach den beiden Türknäufen. Sie leuchteten kurz auf und piepten dann bestätigend. Beide Türen schwangen selbstständig nach innen auf, und vor Denzel lag das größte Büro, das er je gesehen hatte.

Seine Eltern hatten zu Hause ebenfalls ein Arbeitszimmer, aber verglichen mit diesem war es eine Besenkammer. Hier hätte er Fußball spielen können, und es wäre gut möglich gewesen, dass er den Ball nicht bis ans andere Ende des Raums hätte kicken können.

Auf einer Seite standen an den geschwungenen, holzvertäfelten Wänden Bücherregale, während die gegenüberliegende Wand mit unvorstellbar dünnen Computermonitoren bedeckt war, auf denen Zahlenreihen und Symbole flackerten.

Die Holzdielen waren so glänzend poliert, dass es fast schade war, dass sie größtenteils unter einem Teppich mit rot-goldenem Muster verborgen waren. Der Teppich schien so groß zu sein, dass er jedes Zimmer bei Denzel zu Hause bedecken konnte und dann noch ein ganzes Stück in den Garten hinausragen würde.

Hoch oben an der Decke hing ein antiker Kronleuchter. Zumindest hielt Denzel ihn für antik. Er war ein massives Ding und sah uralt aus, mit vielen Kurven aus Metall und herabbaumelnden Glasformen. Die Birnen schienen allerdings elektrisch zu sein, also war er vielleicht nicht ganz so alt, wie er aussah.

Genau in der Mitte des Raums saß hinter einem u-förmigen Tisch die Frau von dem Bild. Ihre Haare waren etwas grauer, aber auch ohne die Waffe und das Feuer in den Händen erkannte Denzel sie ohne Probleme. Ihr nicht ganz echtes Lächeln verriet sie. Das nicht ganz echte Lächeln, das im Augenblick offensichtlich Denzel galt.

Boyle trat durch die Tür, nahm Haltung an und grüßte zackig. »Rührt euch, Unteroffizier Boyle«, sagte die Frau. Ihre Stimme besaß dieselbe falsche Leichtigkeit wie ihr Lächeln, und Denzel musste sich zusammenreißen, um nicht instinktiv zurückzuweichen. »Kommt rein. Schließt die Tür«, befahl sie. »Ich möchte ihn mir aus der Nähe ansehen.«

Samara schob Denzel und Schmitti in den Raum und zog die Türflügel hinter sich zu. »Bitte entschuldigen Sie, dass ich Sie unterbreche, Direktor Quinn«, begann sie. »Aber Sie sollten sich das hier ...«

Quinn brachte sie mit einer Handbewegung zum Schweigen und winkte Denzel dann mit gekrümmtem Zeigefinger heran. Er suchte Samaras Blick. Die nickte ihm aufmunternd zu.

Langsam und vollkommen entgegen seinem gesunden Menschenverstand ging Denzel auf den Schreibtisch zu. Wie Quinn dort saß, erinnerte sie Denzel an eine Spinne in der Mitte ihres Netzes. Er versuchte, den Gedanken beiseite zu schieben, als sie ihn noch ein Stück näher heranwinkte.

»Du bist also der Junge, der zweimal an zwei Tagen angegriffen wurde«, sagte sie, als er so nah vor ihr stand, dass er fast den Tisch berührte.

»Äh, ja«, sagte Denzel. »Also, anscheinend.«

»Wie ich höre, kannst du Poltergeister sehen«, sagte die Direktorin. »Weißt du, warum das interessant ist?«

Denzel schüttelte den Kopf.

»Weil niemand Poltergeister sehen kann, Denzel«, fuhr Quinn fort. Sie beugte sich vor, stellte die Ellbogen auf die Mahagoni-Tischplatte und legte die Finger aneinander. Das nicht ganz echte Lächeln saß bombenfest in ihrem Gesicht. »Das heißt, entweder bist du tatsächlich etwas ganz Besonderes, ein Mensch, wie wir ihn noch nie gesehen haben … oder ein Lügner.«

Sie schlug beide Hände flach auf den Tisch. Denzel sprang zurück und stieß unfreiwillig ein verängstigtes

Jaulen aus. Für einen winzigen, flüchtigen Augenblick war Quinns Lächeln echt.

»Und ich habe die Absicht, herauszufinden, was davon stimmt.«

Kapitel 7

Denzel stand in einem Raum, ungefähr so groß wie die Turnhalle in seiner Schule. Drei Metallcontainer in der Größe von Kleintransportern waren vor ihm aufgereiht, jeweils auf den Zinken eines Gabelstaplers. In jedem Container befand sich ein Fenster, durch das Denzel sehen konnte, dass zwei von ihnen leer waren. Der dritte jedoch nicht.

»Dieser«, sagte er und zeigte auf den mittleren.

Direktor Quinn stand mit verschränkten Armen neben ihm. Sie stand seitlich zu den Containern, damit sie Denzels Gesicht beobachten konnte. »Bist du sicher?«, fragte sie.

Denzel nickte. In dem Container, in einer dunklen Ecke ganz hinten, sah er eine Gestalt wie aus schwarzem Rauch. Die langen, zitternden Tentakel hatte sie wie einen schützenden Kokon um sich geschlungen.

Auf Denzels »Skala der abgedrehtesten unheimlichen Dinge« – die er erst vor Kurzem aus gegebenem

Anlass erfunden hatte – befand es sich nur knapp unter dem Müllmonster. Dennoch empfand er unwillkürlich so etwas wie Mitgefühl für das Ding.

»Dieser. In der Mitte«, sagte er und zeigte erneut darauf.

Boyle trat hinter ihn und zielte mit seinem Gewehr auf den Container. Innerhalb weniger Sekunden blinkte ein rotes Licht am Ende des Laufs auf. Zu Quinn gewandt, nickte Boyle einmal knapp.

»Interessant«, sagte die Direktorin. »Wie sieht es aus?«

»Irgendwie schwarz und rauchig«, sagte Denzel. Er ging einen Schritt näher an die Glasscheibe heran. »Und ... ängstlich. Ich glaube, es hat Angst.«

»Oh, um Himmels willen, nein. Das glaube ich nicht«, sagte Quinn genervt. »Es kann keine Angst haben. Poltergeister haben keine Angst. Das sind Tiere.«

Denzel drehte sich zu ihr um. »Ich bin mir ziemlich sicher, dass Tiere Angst haben können.«

»Enten auf jeden Fall«, sprang Schmitti ihm bei.

»Genau«, sagte Denzel. Dann runzelte er die Stirn und sah seinen Freund an. »Woher weißt du das?«

Schmitti verzog den Mund. »Das ist eine lange Geschichte«, antwortete er. »Das willst du gar nicht so genau wissen.«

»Es ist eine Erscheinung. Ein Geist. Glaub mir, es hat genauso viele Gefühle wie einer dieser Container«, sagte Quinn. Denzel linste durch die Scheibe. Die Gestalt zitterte nun, und auch wenn er nichts hörte, hätte er schwören können, dass er irgendwo in seinem Kopf *spürte,* wie sie wimmerte.

Boyle steckte zwei Finger zwischen die Lippen und ließ einen Pfiff hören. Die Gabelstapler fuhren rückwärts. »Was passiert mit ihm?«, fragte Denzel, während er zusah, wie die Container weggebracht wurden.

»Er wird in den Geisterzellen gelagert«, sagte Samara. »Keine Sorge, ihm passiert nichts.«

»Außer, dass er ›gelagert‹ wird, meinst du?«, sagte Denzel.

Ein Fahrer rief etwas, als einer der anderen rückwärtsfahrenden Gabelstapler gegen den Hinterreifen des mittleren stieß. Beide Fahrzeuge schwankten seitlich in entgegengesetzte Richtungen, und der Poltergeist erkannte seine Chance. Er schoss von einer Seite des Containers zur anderen und warf sich mit Wucht gegen die Wand. Da der Container ohnehin schon wackelte, rutschte er dadurch von der Gabel herunter und fiel mit einem ohrenbetäubenden Krachen auf den Boden. Das Geräusch des Aufpralls dröhnte von den Wänden wider wie das scheppernde Läuten einer alten Kirchenglocke.

Die Fensterscheibe brach. Nicht viel, es entstand bloß ein hauchdünner Spalt, aber das schwarze Rauchding drang schnell durch den Riss hindurch. »Äh … Äh …«, stotterte Denzel und zeigte auf die Stelle, wo der Rauch sich schon wieder zu langen Tentakeln formte. »Das Ding. Das Ding kommt raus.«

Boyle hob die Waffe. »Wo?«

»Aus dem Fenster«, schrie Denzel. Ein blendend weißer Blitz zuckte durch die Halle, und das Klirren von zerbrechendem Glas war zu hören, als Boyle das Feuer eröffnete. Denzel blinzelte schnell, um die schillernden weißen Flecken wegzubekommen, die nun vor seinen Augen schwebten.

»Hast du ihn erwischt?«, fragte Quinn.

Boyle drehte sich auf der Stelle und suchte die Umgebung mit dem schussbereiten Gewehr in der Hand ab. »Negativ.«

Denzel konnte gerade rechtzeitig wieder sehen, um die rauchige Gestalt zu erkennen, die auf ihn zuraste und dabei sechs schwarze Tentakeln wie Peitschen durch die Luft schnalzen ließ. Er stolperte rückwärts, lief Schmitti über den Haufen und öffnete und schloss panisch den Mund, während er hektisch mit dem Finger auf die herannahende Erscheinung wies.

»Da!«

Boyle krümmte den Finger am Auslöser. Der Lauf der Waffe glühte weiß. Der Poltergeist stürzte vorwärts. In dem Augenblick, bevor er von dem blendenden Licht verschluckt wurde, brachte er seine Tentakel in vertraut wirkende Formen.

Nein, keine Formen. Konkreter. Buchstaben. Die Umrisse von sieben schattenhaften Buchstaben schwebten vor dem Licht und bildeten zwei Wörter.

Hilf uns.

Das Licht wurde schwächer, und die Gestalt war verschwunden, aber die Worte waren noch da, eingebrannt in Denzels Netzhaut. Er lag auf dem Boden, atmete schwer und versuchte zu verstehen, was gerade passiert war.

»Du hast ein ganz spezielles Talent«, sagte Quinn, die vor ihn getreten war. Sie reichte Denzel eine Hand, und nach einem kurzen Moment des Zögerns ergriff er sie. Die Direktorin packte überraschend fest zu, half Denzel auf die Füße und schenkte ihm ihr nicht ganz echtes Lächeln. »Du könntest dem Kult des Sh'grath wertvolle Dienste leisten.«

»Was?«, entfuhr es Boyle, aber ein Blick von Quinn brachte ihn zum Schweigen.

»Dem was?«, fragte Denzel.

»Uns«, antwortete Samara. Sie nahm den roten Edelstein, den Boyle ihr gab, und wickelte ihn in

Weidenzweige. »Sie meint, du wärst S.P.U.K. eine große Hilfe.«

Grinsend mischte Schmitti sich ein: »Du meinst, *wir* wären eine große Hilfe.«

Quinn musterte Schmitti, als würde sie ihn zum ersten Mal bemerken und wäre nicht begeistert von dem, was sie sah. »Wer ist diese … *Person?*«, fragte sie misstrauisch.

»Das ist Schmitti«, sagte Denzel. »Mein Freund.«

»Wir mussten ihn mitnehmen«, erklärte Samara entschuldigend. »Das Löschen hat bei ihm nicht funktioniert.«

»Ich habe verstopfte Nasennebenhöhlen«, sagte Schmitti und zeigte auf seine Stirn.

»Tja«, sagte Quinn seufzend. »Darauf kannst du wirklich stolz sein.«

Sie wandte ihre Aufmerksamkeit wieder Denzel zu. »Wie gesagt, *du* könntest hier bei uns Großes leisten. Du hast eine außergewöhnliche Gabe. Wir würden dich im Feld einsetzen. Du könntest die Welt verändern, Denzel.«

Sie fixierte ihn und lächelte ihn mit ihrem nicht ganz echten Lächeln an. Plötzlich merkte Denzel, dass ihn auch alle anderen anstarrten. Er nestelte mit seinen Fingern herum und räusperte sich. »Nein«, sagte er. »Ich meine, danke. Also, *nein danke.*«

Quinns Gesichtsausdruck veränderte sich nicht. »Ah. Verstehe«, sagte sie. Dann warf sie den anderen einen Blick zu. »Lasst uns allein.«

Boyle und Samara packten Schmitti jeweils unter einem Arm und trugen ihn zur Tür. »He, was macht ihr da? Loslassen!«, protestierte Schmitti und kickte in die Luft.

»Ganz ruhig. Sie redet nur mit ihm. Ihm passiert nichts«, sagte Samara. Sie traten durch die Tür. »Wir sind die Guten, schon vergessen?«, beteuerte sie, und die Tür fiel mit einem *Rumms* ins Schloss.

Augenblicklich entspannte Quinn sich. Sie lächelte Denzel an, und diesmal meinte er tatsächlich einen Hauch von Wärme in ihrem Lächeln zu entdecken.

»Ich verstehe, dass gerade eine Menge auf dich einprasselt und du das alles erst einmal verdauen musst. Geister. Geheimgesellschaften. Fliegende Schafe.«

»Schafe?«, fragte Denzel.

Quinn riss die Augen auf. »O nein. Das warst du gar nicht, oder? Vergiss, was ich gesagt habe. Der Punkt ist, dass ich auch nichts davon glauben konnte, als ich hierhergebracht wurde«, fuhr sie fort. Sie sah an Denzel vorbei in die Ferne. »Das war vor langer Zeit. Sehr langer Zeit.«

Sie schüttelte sich und wandte sich ihm wieder zu. »Mein Vater gehörte damals natürlich der Organisation an. Und vor ihm seine Mutter und davor deren Vater. So ist es Tradition. So läuft das bei uns. Die Mitgliedschaft und alles, was dies mit sich bringt, wird über Generationen weitergegeben.«

»Und … Samara und Boyle?«

»Auch ihre Eltern waren bei S.P.U.K. In Samaras Fall der Vater, in Boyles die Mutter. Genau wie sie bin auch ich schon sehr früh mit all dem in Berührung gekommen, aber obwohl ich vorbereitet war …« Mit den Händen machte sie eine Geste, als würde ihr der Kopf explodieren. »Obwohl ich vorbereitet war, sprengte es immer noch jegliche Vorstellungskraft.«

Der Gabelstapler, von dem der Container gefallen war, war nur wenige Meter entfernt abgestellt worden. Quinn schlenderte zu ihm hin und setzte sich mit einem Sprung auf eine der Zinken. Sie zeigte mit dem Kinn auf die andere, und Denzel kletterte hinauf und setzte sich ebenfalls.

»Ich war vier, als sie beschlossen, mich in alles einzuweihen«, erzählte Quinn weiter. »Sie … *Wir* rekrutieren Kinder und Jugendliche, weil sie besser in der Lage sind, paranormale Unregelmäßigkeiten zu erkennen. Wobei ich sagen muss, dass du in dieser Hinsicht ein Extremfall bist.«

Quinn schaute hinunter auf ihre glänzenden Schnürschuhe und baumelte mit den Beinen. Es war ein seltsamer Anblick: Eine Frau mittleren Alters im Anzug hockte auf einem Gabelstapler und baumelte müßig mit den Beinen. Für einen Augenblick konnte Denzel sie sich beinahe wirklich als Vierjährige vorstellen, aber als sie anfing zu reden, verschwand dieses Bild schnell wieder.

»Am Anfang habe ich auch Nein gesagt. Bin sogar weggelaufen. Ich konnte der Wahrheit nicht ins Auge sehen, wollte nicht wissen, was da draußen vor sich ging, und erst recht wollte ich keine Verantwortung übernehmen und etwas dagegen tun.«

»Und warum sind Sie zurückgekehrt?«, fragte Denzel.

Quinn lachte. »Weil ich erst vier war. Ich bin kaum bis zum Ende unserer Straße gekommen.«

Wieder sah sie an ihm vorbei in die Ferne.

»Und wahrscheinlich, weil ich wusste, *dass* ich etwas dagegen unternehmen konnte«, sagte sie und sah Denzel mit einem so ernsten Blick an, dass ihm die Tränen kamen. »Obwohl ich so jung war, war mir klar: Ich könnte dazu beitragen, dass die Menschen keine Angst mehr haben müssten, dass sie nicht mehr von diesen … abscheulichen Wesen verletzt oder gar getötet würden. Nimm dich, zum Beispiel.«

»Mich?«

Quinn nickte.

»Zweimal in achtundvierzig Stunden wurdest du von bösen Geistern angegriffen. Wer weiß, was dir ohne unsere – meine – Agenten zugestoßen wäre. Sie haben dich gerettet, und jetzt hast du die Gelegenheit, andere zu retten.«

Denzel lächelte schwach und schwieg.

»Vielleicht wäre es nicht mal für lange Zeit. Unter uns: Ich arbeite an etwas, das uns – wie ich hoffe – überflüssig macht«, sagte Quinn. »Etwas, das die Welt ein für alle Mal von jeglichen übernatürlichen Gefahren befreit. Aber bis dahin werden wir noch gebraucht. Und du könntest einen Beitrag leisten.«

Sie sprang von der Gabel herunter und nahm Denzels Hand. »Komm zu uns, Denzel«, sagte sie und starrte ihm tief in die Augen. »Bewirke etwas. Verändere etwas in der Welt. In dir.«

Denzel zögerte. »Ich weiß nicht. Ich meine … Das klingt alles ein bisschen … na ja … verrückt.«

Wieder lachte Quinn. »Das ist es. Du hast recht. Genau das habe ich auch gesagt, als ich alles darüber erfahren habe. Vielmehr, nachdem ich aufgehört hatte, wie ein Schlosshund zu heulen. Es ist vollkommen unglaublich. Aber es ist wahr. Gib uns eine Chance, Denzel. Einen Tag. Gib uns vierundzwanzig Stunden«, bat sie. »Wenn du dann merkst, es ist nichts für dich, kannst du nach Hause gehen.«

»Was ist mit meinen Vätern? Was soll ich ihnen sagen?«, fragte Denzel.

»Darum kümmere ich mich. Ich vertusche seit vier Jahrzehnten die Wahrheit, und ich bin mir sicher, dass ich für diese eine Nacht eine Erklärung finde, die deine Eltern zufriedenstellt.«

Denzel nickte. »Vierundzwanzig Stunden?«, hakte er nach. »Und dann kann ich gehen?«

»Du kannst auch jetzt gehen, wenn du möchtest«, sagte Quinn. »Du bist kein Gefangener. Aber es wäre großartig, wenn du es einmal mit uns probieren würdest. Nur einen Tag.«

»Was ist mit Schmitti?«

Die Frage schien Quinn zu verwirren. »Was soll mit ihm sein?«

»Kann er auch hierbleiben?«

»Ich fürchte, nein«, antwortete Quinn und klang dabei ehrlich bekümmert. »Schon indem ich dich einlade, breche ich die Regeln. Deinen Freund auch noch hier zu behalten kommt leider nicht infrage.«

Sie legte ihm eine Hand auf die Schulter. Ihre Finger drückten fest zu, und Denzel hatte den Eindruck, er könnte nicht entkommen, selbst wenn er es versuchte. »Also, Denzel«, fragte sie, und ihr Blick bohrte sich tief in seine Augen. »Wie entscheidest du dich?«

Kapitel 8

Schmitti trat von einem Fuß auf den anderen, als sie auf den Aufzug warteten. Er sah über Denzels Schulter zu Boyle und Samara herüber.

»Ich glaube nicht, dass du hierbleiben solltest, Denzel«, flüsterte Schmitti. »Bist du dir sicher, dass du das möchtest?«

»Nicht so richtig«, gab Denzel zu. Er zuckte die Achseln. »Aber, na ja. Ich weiß nicht. Es könnte wichtig sein. Und es ist ja nur ein Tag.«

»Und eine Nacht«, gab Schmitti zu bedenken. »In einem unterirdischen Bunker voll mit Geistern und verrückten Waffennarren.«

»Es wird schon gut gehen«, sagte Denzel. »Ich meine, was könnte im schlimmsten Fall passieren?«

»Du könntest von Geisterwölfen in Stücke gerissen werden«, sagte Schmitti. »Das wäre ziemlich schlimm.«

»Stimmt, aber –«

»Oder du könntest von einem gruseligen kleinen Geistermädchen angegriffen werden, das eine Clownspuppe hat und immer wieder ›Mama, Mama, Mama‹ sagt, und du hörst es näher kommen, siehst es aber nicht, bis es direkt vor dir steht, und dann ist es zu spät, um –«

»Okay, ich habe verstanden!«, sagte Denzel. »Das sind wahrscheinlich die schlimmsten Dinge, die passieren könnten, aber ich halte beides für unwahrscheinlich.«

»Oh«, sagte Schmitti und wirkte ein wenig enttäuscht. »Wäre schon irgendwie cool, oder?«

Die Aufzugtür öffnete sich hinter Schmitti. Denzel lächelte. »Ja, das wäre cool. Wir sehen uns morgen, okay?«

Mit einem letzten Blick zu Boyle und Samara betrat Schmitti den Aufzug. »Ja, bis morgen«, sagte er. Die Türen schlossen sich, und Denzel lauschte dem Rumpeln der Maschinerie, mit der Schmitti wieder an die Erdoberfläche gebracht wurde.

Er drehte sich um und fühlte sich plötzlich so allein wie nie zuvor. Trotzdem gab er sich Mühe, sein breitestes Lächeln aufzusetzen. »Also gut«, sagte er. »Womit fangen wir an?«

*

Denzel stand Samara gegenüber in der Mitte eines Kreidekreises. Er hatte keine Ahnung, wie groß der Raum war, in dem sie sich befanden, da das Licht von den fünf Kerzen, die um den Kreis herum aufgestellt waren, nur ein, zwei Meter weit reichte. Dahinter lag alles im Dunkeln, und irgendwo in dieser Dunkelheit lag die Tür, durch die sie hereingekommen waren.

»Bevor wir anfangen, erkläre ich dir erst einmal kurz, wie das hier alles funktioniert«, sagte Samara.

»Wie Zaubern funktioniert?«

»Nein, die Organisation. Ich kann nicht ›kurz erklären‹, wie Zaubern geht. Das dauert Jahre.«

»Kapiert«, sagte Denzel. »Soll ich irgendwas aufschreiben?«

Samara zuckte die Schultern. »Wenn du willst.«

»Ich habe aber keinen Stift.«

Samara schnalzte mit der Zunge. »Na, dann schreibst du eben nichts auf.« Sie räusperte sich. »Zunächst einmal gibt es zwei Abteilungen. Die Oberons – zu denen gehöre ich. Wir konzentrieren uns auf Zauberei. Und die Vulterons. Die interessieren sich mehr für Wissenschaft, Technik und Waffen. Und sie jagen gern Sachen in die Luft.«

»Wie Boyle.«

»Genau. Wie Boyle. Ein Oberon und ein Vulteron arbeiten immer als Team. Die Idee dahinter ist, dass wir uns ergänzen. Dinge, die wir können, können sie nicht und umgekehrt. Zumindest theoretisch.«

»Verstanden«, sagte Denzel. »Und was soll ich sein?«

»Das wollen wir ja gerade herausfinden«, sagte Samara. »Gemeinsam ermitteln Oberons und Vulterons bei paranormalen Unregelmäßigkeiten. Geistern, Dämonen, dunkler Magie – so'n Zeug eben.«

»Alles klar«, sagte Denzel. »Warum?«

»Warum was?«, fragte Samara.

»Warum tut ihr das?«

Samara runzelte die Stirn, als wäre ihr die Frage nie in den Sinn gekommen. »Na ja, wenn wir das nicht tun würden, würden sie alle umbringen, und das wäre der Untergang der Welt.«

»Oh. Sicher. Macht Sinn«, sagte Denzel. »Dann ist ja gut, dass ihr euch darum kümmert.«

»Genau«, sagte Samara. Sie warf einen forschenden Blick in die Dunkelheit um sie herum. »Also ... Was hältst du von Direktor Quinn?«

»Sie wirkt ... Ich weiß nicht«, antwortete Denzel. »Ich dachte, sie wäre unausstehlich, aber im Endeffekt war sie eigentlich ziemlich nett. Macht sie das wirklich, seit sie vier ist?«

»Ja«, sagte Samara. »Wir wurden alle relativ jung rekrutiert, allerdings niemand so jung wie sie.«

»War bestimmt schwierig für sie«, vermutete Denzel.

Samara öffnete den Mund, als wollte sie etwas sagen, überlegte es sich dann aber anders. »Ja. Bestimmt«, meinte sie nur. »So, fangen wir an.« Sie hielt ihm eine zur Faust geballte Hand hin. »Hier.«

Denzel machte ebenfalls eine Faust und stieß sie gegen ihre. »Jo.«

»Nein. Ich meinte, du sollst das hier nehmen«, sagte sie, drehte ihre Hand um und öffnete sie. Ein klobiger, grauer Metallring lag auf ihrer Handfläche. Er hatte ungefähr die Größe und das Aussehen eines Siegelringes mit einem geheimnisvollen, in Rot aufgemalten Symbol.

Denzel nahm ihn und drehte ihn in der Hand. Samara beobachtete ihn aufmerksam. »Spürst du irgendwas?«

»Äh ... Ist schwerer, als er aussieht«, sagte Denzel.

»Was ist mit der Temperatur? Fühlt er sich kalt an oder heiß ...?«

Denzel schloss für einen Moment die Finger um den Ring. »Nein, eigentlich nicht.«

»Nicht einmal warm?«

Denzel schüttelte den Kopf. »Nein.«

Samara versuchte ihre Enttäuschung zu verbergen, aber es gelang ihr nicht besonders gut. »Na gut, ist schon in Ordnung. Vollkommen in Ordnung. Stecke ihn dir an. Rechter Mittelfinger.«

Denzel stülpte den Ring über den Finger und brauchte ein paar Sekunden, um sich an das Gefühl zu gewöhnen. Er hatte vorher noch nie Schmuck getragen, und selbst wenn – ein hässliches Stück zerkratztes Metall wäre wahrscheinlich nicht seine erste Wahl gewesen.

»Das ist ein Flauros-Ring«, sagte Samara. »Weißt du, wer Flauros ist?«

Denzel schnaubte. »Ob ich weiß, wer Flauros ist? Ob *ich weiß*, wer Flauros ist?« Er lachte. »Ich kann nicht glauben, dass du mich das fragst.«

»Du weißt es nicht, oder?«

»Nein«, gab er zu. »Ich hab keinen blassen Schimmer, wer Flauros ist.«

»Das ist ein uralter Dämon, den manche Menschen als Gott des Feuers verehren«, erklärte Samara.

»Du meinst, verehr*ten*, oder?«, fragte Denzel.

Samara schüttelte den Kopf. »Nein, verehren. Gegenwart.«

Sie zeigte auf Denzels Hand. »Flauros-Ringe helfen den Oberons, Feuer hervorzurufen und zu kontrollieren.«

Denzel sah den Ring misstrauisch an. »Das klingt … gefährlich.«

»Ist es auch«, stimmte Samara ihm zu. »Aber im Vergleich zu den ganz großen Sachen ist es ein billiger Taschenspielertrick. Und ich halte es für weniger gefährlich, wenn du dir die Augenbrauen versengst, als dass du aus Versehen ein Loch in das Geisterreich stößt.«

»Warum? Was würde dann passieren?«, fragte Denzel.

Samara trat neben ihn. »Nichts Gutes.« Sie hielt eine Faust vor sich ausgestreckt und sagte: »Mach mir das nach.«

Denzel tat, wie ihm geheißen. »Gut«, sagte Samara, und Denzel war ein wenig stolz darauf, dass er den Arm auf die richtige Art und Weise ausstrecken konnte. »Wenn ich es sage, möchte ich, dass du ein Wort zugleich aussprichst und denkst.«

»Irgendein Wort?«, fragte Denzel.

»Nein, natürlich nicht! Ein bestimmtes Wort, das ich dir gleich nenne«, antwortete Samara. »Aber du darfst es nicht nur sagen, du musst deinen ganzen Kopf damit ausfüllen. Schieb jeden anderen Gedanken beiseite, bis das Wort das Einzige ist, was in diesem Moment existiert. Kannst du das?«

»Wahrscheinlich nicht«, sagte Denzel wahrheitsgemäß. »Aber ich versuch's mal.«

»Okay. Das Wort ist *igni*«, sagte Samara. »Alles klar?«

Denzel nickte. »Ich glaube schon.«

Samara tat einen Schritt zurück. »Dann los.«

Denzel atmete tief durch. Er hielt einen Arm ausgestreckt – lächelte verlegen. »Sorry, wie war das noch mal?«

»Igni«, sagte Samara.

Denzel nickte. »Gut«, sagte er. »Verstanden. Also dann …« Erneut atmete er tief durch. »Igni.«

Nichts geschah.

»Ist schon in Ordnung«, sagte Samara. »Beim ersten Mal klappt es nie.«

»Igni«, wiederholte Denzel. »Igni, igni, igni!«

»Oder die ersten fünf Male«, verbesserte Samara sich. »Denkst du es?«

»Ja«, sagte Denzel.

»Na ja, offensichtlich nicht.«

»Doch!«, beharrte Denzel. Er merkte, dass er rot wurde, also biss er die Zähne zusammen und stieß die Faust vor sich in die Luft. »Igni. Igni! Igni! Ah! Es funktioniert nicht!« Er schüttelte seine Hand. »Ist das Ding überhaupt an? Du hast mir eine Fälschung gegeben. Der ist kaputt.«

»Igni«, sagte Samara. Entsetzt schrie Denzel auf, als eine Stichflamme aus dem Symbol auf seinem Ring schoss und ihm beinahe das Gesicht verbrannte. Panisch drehte er sich im Kreis und wedelte die Hand mit der Flamme hin und her.

Die Flammen leckten an Samaras Umhang, und der Stoff rund um ihre Füße fing an zu brennen. Erschrocken fauchte Samara, hob eine Hand und murmelte etwas in einer Sprache, die Denzel nicht verstand. Die Flammen zischten und erstarben. Als das Knistern des Feuers aufhörte, war im Raum nur noch Denzels schwaches Wimmern zu hören, der ungläubig den Ring an seinem Finger anstarrte.

»Okay, die Einführung in die Zauberkunst ist vorbei«, sagte Samara und besah sich traurig den verkohlten Saum ihres Umhangs. »Ich denke, ich sollte dich jetzt Boyle übergeben.«

Kapitel 9

Denzel stand in einem Raum, der so groß wie ein Warenlager war, und starrte an einer Konstruktion aus Metall und Glas hoch, die über ihm aufragte. Er beugte sich so weit zurück, dass er sicher war, sein Rücken würde jeden Moment durchbrechen, aber selbst aus dieser Perspektive war es nicht einfach, bis ans obere Ende des Objektes vor ihm zu schauen.

»Was ist das noch mal?«, fragte er.

»Das ist der K-11-Alpha-9-Geister-Kampfanzug«, sagte Boyle. »Besser bekannt als der *Zerstörer*.«

»Ach ja«, sagte Denzel und trat einen Schritt zurück, damit er sich das Ding besser ansehen konnte. Es hatte ungefähr die Form eines menschlichen Körpers. Zumindest, wenn man davon ausging, dass Menschen etwa so groß waren wie Doppeldeckerbusse. Es besaß zwei gewaltige Arme, vier riesige Beine, und sein Körper war so gigantisch, dass diese Gliedmaßen keineswegs unverhältnismäßig wirkten. In der Mitte des Anzugs war eine Kammer zu erkennen, in der ein Mensch Platz hatte.

Der Kopf des Zerstörers war eine glatte Rundung aus Glas und Chrom, und obwohl das Ganze wirklich beeindruckend aussah, konnte Denzel nicht anders, als an einen Bösewicht in einer Power-Rangers-Folge zu denken.

»Und … was kann das Ding?«, wollte Denzel wissen.

Boyle stieß ein vollkommen humorloses »Ha!« aus. »Die Frage ist eher, was kann es *nicht*?«

Er schlug zweimal die Hände zusammen, die in Handschuhen steckten, und zog sie dann behutsam auseinander. Ein 3-D-Bild des Zerstörers schwebte zwischen seinen Handflächen. Denzel ging näher heran und starrte es staunend an.

»Wow!«

»Ja, ich weiß!«, sagte Boyle, und sein Gesicht verzog sich beinahe zu einer Art Lächeln. »Holografische Projektion mittels der Sensoren in den Handschuhen. Pass auf.«

Er streckte eine Hand aus, griff vorsichtig nach dem rechten Arm des Hologramms und bog ihn zur Seite. Der Zerstörer ließ ein hydraulisches Zischen hören, und Denzel sprang erschrocken rückwärts. Einen Augenblick später hob sich der Arm des Monstrums in dieselbe Position wie der des Hologramms.

»Ziemlich cool, oder?«, sagte Boyle.

Denzel nickte. »Unglaublich. Darf ich auch mal?«

Boyle hielt seine behandschuhten Hände in die Höhe. »Nicht ohne die. Achtung«, sagte er und machte einige kunstvolle Verrenkungen mit den Händen. »Ich zeige dir jetzt seine Angriffsoptionen.«

Aus dem Inneren des Anzugs kam ein Surren, und zwei Maschinengewehre wurden in Position geschwenkt. Nein, keine Gewehre. Das traf es nicht. Diese Dinger waren Kanonen. Die Modelle unterschieden sich etwas, aber keines sah so aus, als wollte man von der falschen Seite aus reingucken.

»Fernlenkwaffensysteme mit austauschbarer Munition, jeweils sechs beziehungsweise acht verschiedene Typen«, sagte Boyle. Er zeigte auf die linke Waffe. »Die hier hat die ganzen traditionellen Typen: Brand-, Explosions-, Betäubungs- und Schnellfeuermunition, so was. Du weißt schon, das Übliche.«

»Das Übliche, klar«, sagte Denzel. Er nickte, obwohl er den Großteil von Boyles Erklärungen schon wieder vergessen hatte. »Und die andere?«

»Die ist spezieller. Das links bekommt man an jeder Straßenecke. Standardmunition. Aber die Waffe hier rechts brauchen nur wir.«

»Das heißt, man kann damit … Geister erschießen?«, fragte Denzel.

Boyle schnaubte. »Nein. Geister erschießen wir mit unseren Handfeuerwaffen. Mit dem Zerstörer schießen wir auf *Götter.*«

Denzel blinzelte. Er steckte sich den kleinen Finger ins Ohr, wackelte damit hin und her und zog ihn dann mit einem *Plopp* wieder heraus.

»Tut mir leid, ich glaube, ich habe mich verhört«, sagte er. »Kurz dachte ich, du hättest gesagt, ihr schießt damit auf Götter.«

»Du hast richtig gehört«, sagte Boyle. »Na ja, streng genommen sind es Dämonen, aber das ist im Grunde dasselbe.«

»Dasselbe?«, wiederholte Denzel.

»Mehr oder weniger«, antwortete Boyle. »Wir kümmern uns nicht nur um Geister, sondern um alle übernatürlichen Bedrohungen, egal wie groß. Manchmal braucht man dafür ziemlich viel Wumms.«

Denzel sah sich um. Einige Metallregale mit verschlossenen Kisten standen an den Wänden. »Was habt ihr sonst noch? Sind das hier auch Waffen?«

Er holte eine der Kisten hervor und zuckte zusammen, als Boyle brüllte: »Nicht anfassen!«

Denzel stellte die Kiste wieder ins Regal und wich zurück. »Warum? Was ist das?«

»Ein Energie-Spalter. Er zerstört übernatürliche Energie und ist ziemlich gefährlich.«

»Wie, etwa noch gefährlicher als der gigantische Killerroboter?«, fragte Denzel.

»Potenziell ja«, sagte Boyle. »Und das ist übrigens kein Roboter. Wie gesagt handelt es sich um einen Kampfanzug.«

»Oha«, sagte Denzel und betrachtete das Ding noch einmal von unten bis oben. »Und das zieht jemand an?«

Boyle seufzte. »Hast du überhaupt irgendwas von dem mitgekriegt, was ich gesagt habe?«

»Ein bisschen«, sagte Denzel.

»Man kann in den Zerstörer einsteigen, oder man bedient ihn mit den Handschuhen aus der Ferne«, erklärte Boyle. Er zeigte auf zwei schwere, eiserne Türen am Ende des Raums. »Aber im Vergleich zu dem, was dort drin ist, ist er ein Spielzeug.«

Denzel folgte seinem Blick. »Oooh. Und was ist da drin?«

»Das ist die Superwaffenkammer. Darin bewahren wir die Zeitbombe auf«, erklärte Boyle mit einem heiseren Flüstern.

Denzel runzelte die Stirn. »So eine mit einem Wecker und Dynamit, wie in Comics?«

»Nein«, sagte Boyle. »Eine *Zeit*bombe. Die korrekte Bezeichnung ist Quanten-Anullierer. Es handelt sich um eine Bombe, die die Zeit selbst attackiert.«

»Ich habe keine Ahnung, was das bedeutet«, gab Denzel zu.

»Da bist du in guter Gesellschaft«, sagte Boyle. »Zumindest wissen wir es auch nicht genau. Niemand weiß, woher er kommt oder wer ihn gebaut hat. Die Spuren an ihm lassen darauf schließen, dass er rund zweihundert Jahre älter ist als S.P.U.K. Das Ganze ist uns ein Rätsel, aber wir vermuten, wenn die Bombe gezündet wird, zerstört sie die Struktur der Zeit.«

Denzel kratzte sich am Kopf. »Okay, aber ... Was heißt das konkret? Alles fängt zur selben Zeit an? Nichts geschieht jemals wieder? Was passiert, wenn man die Zeit in die Luft jagt?«

Boyle zuckte die Schultern. »Ich weiß es nicht. Wie gesagt, niemand weiß das. Hoffen wir, dass wir es nie herausfinden.«

Als Boyle sich umdrehte, merkte er, dass Denzel auf die Handschuhe starrte. »Also ... Der Roboter ...«, fing Denzel an.

»Zerstörer«, verbesserte ihn Boyle. »Was ist damit?«

»Darf ich ihn mal ausprobieren?«

Boyle schüttelte den Kopf.

»Bitte«, drängelte Denzel. »Ich soll doch was lernen, oder?«

»Ja, aber wir fangen nicht mit den gefährlichen Sachen an«, sagte Boyle.

»Wir haben mit Zauberei angefangen. Das war ziemlich gefährlich.«

Boyle schnaubte verächtlich. »Ja, ist klar. Aber nicht so gefährlich wie das hier.«

»Ich weiß nicht …«, sagte Denzel. »Samara findet es, glaube ich, gefährlicher als das Zeug hier. Und cooler. Sie hat mir einen Ring gegeben, aus dem Feuer schießt.«

»Hat sie das? Also gut«, sagte Boyle und zog sich die Handschuhe aus. »Wenn du Magie schon beeindruckend findest, dann probier's hiermit.«

Denzels Augen leuchteten. Hastig zog er sich die Handschuhe über. »Juchhu!«, jubelte er. Er beugte die Finger und schlug die Hände zusammen. Die Handschuhe ließen einige leise Pieptöne hören. »Und was machen wir –«

Hinter ihm entzündeten sich zwei Raketenantriebe an den Füßen des Zerstörers und ließen ihn mit enormer Geschwindigkeit in die Höhe schießen. Er knallte gegen das Dach, zischte hin und her wie ein Ballon, aus dem die Luft entweicht, und fiel dann mit einem *Rumms* zu Boden. Das ganze Gebäude schien zu erbeben.

Denzel sah zu dem abgestürzten Anzug hinüber. Und dann in Boyles Augen, die so schmal wie Schlitze waren. Er räusperte sich und zog vorsichtig die Handschuhe aus.

»Du hast recht«, sagte er zu Boyle. »Das ist wirklich ziemlich gefährlich.« Er lächelte. »Sonst noch irgendwas, das ich sehen sollte?«

»Ja«, sagte Boyle mit zusammengebissenen Zähnen. »Ich hätte da noch was.« Er zeigte Denzel ein Stück Plastik in der Größe einer Kreditkarte.

»Was ist das?«, fragte Denzel. »Ein geheimer Laser? Ein Geister-Spreng-Ding?«

»Ein Schlüssel«, antwortete Boyle. »Für dein Zimmer. Die Nummer steht auf der Rückseite.«

Denzel blinzelte. »Wie?«

»Geh. Entspann dich. Guck dich in deinem Zimmer um«, sagte Boyle und schob Denzel aus der Tür. »Je länger du da drin bleibst, desto sicherer für uns alle hier draußen.«

»Aber …«

»Pst!«, zischte Boyle und legte einen Finger an den Mund. »Wir reden später. Geh jetzt in dein Zimmer. Ach, und Denzel?«

»Ja?«

»Versuch doch mal, unterwegs ausnahmsweise keine milliardenteuren Ausrüstungsgegenstände zu demolieren, ja?«

*

Denzel lief auf der Suche nach dem Wohnbereich durch die Flure. Er kam an ein paar Menschen in Uniformen und Umhängen vorbei, aber die wirkten viel zu beschäftigt, als dass er sie mit Fragen behelligen wollte.

Nach einer Kurve ging der Flur in ein Treppenhaus mit Metallstufen über. Denzel suchte die Wände ab in der Hoffnung auf irgendetwas, das ihm sagte, in welche Richtung er gehen sollte, fand aber weder Schilder noch sonstige Hinweise.

Er hatte sich mit der bewährten »Ene-mene-muh«-Methode schon fast für eine Richtung entschieden, als er eine bekannte Stimme hörte. Wegen des Halls im Treppenhaus konnte er nicht erkennen, ob sie von oben oder unten kam, aber es bestand kein Zweifel darüber, zu wem sie gehörte.

»Ja, er ist ziemlich faszinierend«, sagte Quinn. »Ich verstehe noch nicht, wie er das macht, aber wir werden es herausfinden. So oder so.«

»Glauben Sie wirklich, er könnte ein Mitglied von S.P.U.K. werden?«, fragte eine andere Stimme. Sie gehörte einem Mädchen, aber es war nicht Samaras. Diese Stimme klang viel schroffer. Vermutlich das Mädchen, das ihn im Aufzug mit ihrer Pistole bedroht hatte, vermutete Denzel. Knightley oder so ähnlich?

»Ich sehe keinen Grund, warum nicht«, antwortete Quinn. Offenbar kam sie näher, denn ihre Stimme wurde lauter. Denzel blickte nach oben und nach unten, konnte aber immer noch nicht ausmachen, woher sie kam. »Ich hoffe, er fügt sich gut ein.«

»Und wenn nicht?«, fragte das Mädchen. »Was dann?«

Plötzlich waren keine Schritte mehr zu hören. Denzel hielt den Atem an und wartete darauf, was Quinn antworten würde.

»Hallo, Denzel«, sagte sie, und das Echo ihrer Stimme erklang von allen Seiten. »Hast du dich verlaufen?«

»Äh, ja«, sagte Denzel. »Ich suche mein Zimmer.«

Quinn und Knightley erschienen auf dem Treppenabsatz über ihm und gingen nun die Stufen herunter. »Ja, das ist am Anfang ganz schön verwirrend«, sagte Quinn. »Wie läuft es sonst so?«

»Äh, gut«, sagte Denzel. »Ich lerne ... alles Mögliche.«

»Prima. Weiter so«, sagte Quinn. »Dritte Tür links, geradeaus, dann rechts.«

Denzel runzelte die Stirn. »Was?«

»Dein Zimmer«, sagte Quinn. »Durch diese Tür, dritte Tür links, geradeaus, dann rechts. Du kannst es nicht verfehlen. Wenn du magst, kann Knightley dich aber auch begleiten.«

Denzel warf dem Mädchen einen Blick zu. Sie starrte ihn mit unverhohlenem Missfallen an. »Äh, nein, das finde ich schon«, sagte er und wich zur Tür zurück. »Danke.«

»Nichts zu danken«, sagte Quinn. »Ach so, Denzel?«

»Ja?«

»Ich habe mit deinen Eltern geredet«, sagte Quinn. »Sympathische Leute, sehr stolz auf dich. Wir haben uns ein wenig unterhalten, es ist alles in Ordnung.«

»Oh. Super. Cool«, sagte Denzel. »Was haben Sie ihnen gesagt?«

»Halten wir uns nicht mit solchen Kleinigkeiten auf. Ich habe mich um alles gekümmert«, sagte Quinn mit ihrem nicht ganz echten Lächeln. »Vertrau mir.«

»Äh, okay«, sagte Denzel, trat durch die Tür und hastete davon, um sein Zimmer zu suchen.

Kapitel 10

Trotz Quinns Wegbeschreibung brauchte Denzel noch weitere zwanzig Minuten, um endlich den Wohnbereich zu finden, und dann noch einmal fünf, bis er schließlich sein Zimmer erreichte.

Wobei »Zimmer« ein bisschen übertrieben war. »Zelle« traf es eher. Die Wände und die Decke waren grau, der Teppich ebenfalls, und das Bett bestand aus Metall. Auch grau. Der einzige Farbklecks war ein schmutzig-weißes Kissen. Verglichen mit dem Rest des Raums wirkte es geradezu farbenfroh.

Denzel ließ sich aufs Bett fallen – das sich als schmerzhaft hart erwies – und starrte auf dem Rücken liegend an die Decke. Er stellte sich die Millionen Tonnen Erde vor, die sich zwischen ihm und der Welt über ihm befanden, und versuchte relativ erfolglos, keine Platzangst zu bekommen.

Lange lag er einfach reglos da. In seinem Kopf purzelten all die Geschehnisse der letzten Stunden durcheinander. Er war einem Müllmonster entkommen, hatte einen Poltergeist gesehen, gezaubert und wahrscheinlich einen hochmodernen Roboter-Kampfanzug zerstört. Alles in allem ein ziemlich ereignisreicher Tag.

Es war unglaublich. Alles davon. Absolut unglaublich.

Und dennoch ...

Er musste an die Zimmerdecke bei sich zu Hause denken. Sie war weiß mit ein paar gelben Punkten, weil er einmal eine Flasche Bananen-Milchshake geöffnet hatte und diese explodiert war. Denzel musste lächeln, als ihm das einfiel, und dann spürte er einen Stich in der Brust.

Er fragte sich, was seine Väter gerade machten. Hatte Quinn seine Abwesenheit auf eine Art und Weise erklärt, dass sie sich nicht um ihn sorgten? Nun wünschte er, er hätte eine Erklärung verlangt, und hoffte, dass die beiden nicht panisch auf und ab liefen. Würde er Ärger bekommen, wenn er zurückkam?

Denn er hatte definitiv vor, nach Hause zurückzukehren. Trotz der Geister, der Zauberei und des Riesenroboters – und auch wenn die Vorstellung, Mitglied einer Geheimgesellschaft zu sein, die Gespenster jagte, richtig cool war – wusste Denzel, dass er nicht bleiben wollte. So aufregend dieses neue Leben sein mochte, er konnte seinem alten nicht einfach den Rücken kehren.

Es klopfte. Denzel schwang die Beine aus dem Bett und öffnete die Tür.

Dort stand Samara.

»Hi!«, sagte sie gut gelaunt. »Hunger?«

»Äh, ja«, sagte Denzel. Es war schon eine Weile her, dass er sein halbes Sandwich gegessen hatte, und sein Magen knurrte ungeduldig.

»Super!« Samara zeigte ihr strahlendes Lächeln. »Dann begleitest du mich also zum Abendessen?«

»Abendessen?«, fragte Denzel mit zitternder Stimme. »Also, du und ich?«

»Ja, du und ich«, sagte Samara. »Und natürlich Boyle.«

»Oh. Klar. Boyle, natürlich«, sagte Denzel und versuchte seine Enttäuschung zu verbergen.

»Komm, ich zeige dir die Kantine«, sagte Samara. »Aber ich sollte dich wohl vorwarnen: Sie kann einen am Anfang ein bisschen überfordern.«

»Ist bestimmt nicht schlimmer als die Mensa in der Schule.«

»Oh«, sagte Samara. »Ich fürchte, doch.«

*

Ungläubig starrte Denzel in den Saal. »Du hast recht«, sagte er schreiend, weil sie ihn in dem Lärm sonst nicht gehört hätte. »Es ist schlimmer.«

Die Kantine sah aus wie … na ja, eigentlich wie eine ganz normale, große Kantine. Etwa vierzig oder mehr Klapptische mit Sitzplätzen für jeweils acht Personen standen darin. Aus Denzels Perspektive schien es, als wäre der Raum zweigeteilt: links die Oberons und rechts die Vulterons.

Auf der Vulteron-Seite sausten Menschen auf Segways hin und her, stapften mit Exoskeletten an den Beinen herum oder stolzierten einfach auf und ab, als gehörte ihnen alles. Ein Großteil der vielleicht hundertfünfzig Personen in dieser Hälfte des Raums trug die Standarduniform aus blauem und silberfarbenem Tarnmuster, während ein paar blaue Overalls anhatten.

Durch die Menge der Vulterons bewegten sich auch mindestens zwei Roboter. Ihre Gestalt und ihre Größe entsprachen etwa einem Menschen. Mit ihren perfekt austarierten Händen trugen sie Tabletts. Denzel konnte nicht erkennen, ob sie das Essen jemandem brachten oder ob es für sie selbst gedacht war, und als andere Vulterons aus der Warteschlange zu den Tischen gingen, verlor er sie aus den Augen.

Auf der gegenüberliegenden Seite des Speisesaals zauberten die Oberons. Zumindest vermutete Denzel das, denn anders konnte er sich die durch die Luft gleitenden Tabletts nicht erklären, die dann auf den Tischen vor den hungrigen Wartenden landeten.

Auch einige Tische schwebten in der Luft. Die Oberon-Seite des Saals wirkte viel geräumiger, da mindestens ein Drittel der Tische mehrere Meter über den anderen hing, wodurch eine Art Doppeldecker-Effekt erzielt wurde.

Alle schienen gleichzeitig zu sprechen. Die Vulterons schnauzten einander an, als befänden sie sich in einem ständigen Wettstreit, wer von ihnen am missmutigsten klang. Die Oberons am Boden riefen denen über ihnen etwas zu, und umgekehrt baten diese die unteren, ihnen zum Beispiel das Salz zuzuwerfen.

»Das ist ja riesig«, sagte Denzel. »Und es sind so viele. Ich meine, ihr seid so viele.«

»Ja, diese Zweigstelle ist das Hauptquartier für den größten Teil Europas«, sagte Samara. »In Nordschottland gibt es noch einen kleinen Außenposten, und ein paar versprengte in Frankreich und Spanien, aber dies ist der größte Standort außerhalb der Vereinigten Staaten.«

»Der Vereinigten Staaten?«, wiederholte Denzel. »Von Amerika?«

»Ja, außer es gibt noch andere Vereinigte Staaten, von denen ich nichts weiß. Wir sind eine weltweite

Organisation. Du findest uns so gut wie überall, wenn du weißt, wo du suchen musst.«

»Aha. Wow«, sagte Denzel, weil ihm nichts Klügeres einfiel.

»Komm, holen wir uns etwas zu essen«, sagte Samara und zog ihn am Ärmel mit sich. Sie bahnten sich ihren Weg durch das Gewühl zur Oberon-Warteschlange. Sie war viel kürzer als die der Vulterons, hauptsächlich weil alle ihre Tabletts an die Tische zauberten, statt sich ordentlich in die Reihe zu stellen.

Denzel duckte sich, um nicht von einer Schale Reispudding getroffen zu werden, die wie eine fliegende Untertasse knapp an ihm vorbeischoss. Dann gesellte er sich zu Samara, die schon an der Theke stand. Deren Aufbau besaß starke Ähnlichkeit mit der in der Schulmensa: Eine Glashaube schützte sechs Metallbehälter, die verschiedene Arten von Essen enthielten.

»Also, es gibt Hühnercurry, vegetarisches Chili, Pizza – aber die sieht ein bisschen trocken aus, würde ich also eher nicht nehmen – und Nudeln mit Brokkoli«, sagte Samara und gab ihm ein Tablett. »Ach, Ofenkartoffeln gibt es auch immer. Man kann sich die Füllung aussuchen, Käse oder Thunfisch. Spricht dich irgendwas an?«

»Sonst gibt es nichts?«, fragte Denzel und merkte dann, dass das völlig falsch rüberkam. »Ich meine, das sieht alles superlecker aus, aber ich dachte …«

»Was?«, fragte Samara.

»Na ja, dass es irgendwie … verrückter sein würde«, sagte Denzel. »Dass es vielleicht so was wie gegrillten Drachen gäbe.«

»Gegrillter Drache?«, schnaubte Samara.

»Ja. Oder so.«

»Nee. Drache gibt es dienstags«, sagte Samara, und Denzel konnte an ihrem Lächeln nicht ablesen, ob das ein Scherz war oder nicht. »So, jetzt entscheide dich mal. Ich habe einen Riesenhunger!«

Bevor Denzel irgendetwas auswählen konnte, erschien Boyle. »Samara«, knurrte er. »Wir müssen.«

»Was? Aber ich dachte …« Samara schaute zu Denzel. »Was ist mit seinem Training?«

»Direktor Quinn will, dass wir ihn mitnehmen«, sagte Boyle. Er sah nicht besonders glücklich aus darüber, es gelang ihm aber, den Mund zu halten.

»Ich nehme Pizza«, sagte Denzel, aber Boyle riss ihm das Tablett aus der Hand und legte es zurück.

»Nein, tust du nicht«, sagte er. »Wir sind dran.«

Denzel schaute zwischen Boyle und Samara hin und her, nicht ganz sicher, was Boyle meinte. »Dran? Womit?«

»Wir haben einen Einsatz«, erklärte Samara. »Einen Auftrag. Wir müssen uns um eine Angelegenheit kümmern.«

Denzel schluckte. »Eine Geisterangelegenheit?«

»Dir passiert nichts, keine Sorge«, sagte Samara. »Im Grunde läufst du erst mal nur mit.«

Sie warf ihrem Partner einen Blick zu. »Außerdem glaube ich nicht, dass Quinn dich bei irgendeiner größeren Geschichte dabei sein lässt, habe ich recht?« Sie beobachtete Boyles Gesichtsausdruck. »Habe ich recht?«

»Tja«, antwortete Boyle. »Da wäre ich mir nicht so sicher …«

Kapitel 11

Denzel schrie und warf sich gerade noch rechtzeitig zu Boden, als etwas Schnelles, Weißes und sehr, *sehr* Wütendes an ihm vorbeiraste.

Es war ein Geist. Kein Müllmonster, kein Rauch-Oktopus, sondern ein richtiger, altmodischer Bettlaken-mit-ausgeschnittenen-Augen-Geist!

Und zu Denzels Entsetzen war er nicht allein. Dutzende von den Wesen flatterten kreischend durch die Luft, stürzten sich hinab und rauschten durch den Supermarkt, in dem Denzel am Boden kauerte.

Irgendwo im Gang rasselten Ketten. Denzel blickte auf und sah ein halb durchsichtiges Skelett an der Babynahrung und den Windeln vorbeistaksen, eine klassische Geisterkette im Schlepptau.

Über dem Kopf des Skeletts stieß etwas, das man als Netzvorhang mit aufgemaltem Gesicht bezeichnen konnte, ein unheimliches Stöhnen aus und warf einen sorgfältig errichteten Stapel Feuchttücher um.

Ein Knistern, das vielleicht von einem Zauber oder einer Schusswaffe oder etwas anderem Gefährlichen stammte, hallte vom nächsten Gang herüber. Dem darauffolgenden Prasseln, Knacken und leisen Knallen nach zu urteilen war dort die Abteilung mit den Frühstückszerealien.

Eine verrottende Geisterhand bohrte sich neben Denzel durch den Fußboden und griff mit ihren welken Fingern nach ihm. Denzel hörte sich selbst schreien. Er strampelte und zog sich an dem Regal hoch zum Stehen.

Er raste den Gang entlang, aber es klang, als wäre das Kreischen und Klappern direkt hinter ihm. Am Ende bog er rutschend um die Ecke und blickte direkt in Knightleys wütende Grimasse. Sie riss ihre Waffe hoch und er die Hände, damit sie ihn nicht erschoss.

»Halt, kein Geist, kein Geist!«

»Dann geh mir aus dem Weg«, zischte Knightley und feuerte eine Salve sengender weißer Energie über seinen Kopf hinweg auf etwas Großes und mit hoher Wahrscheinlichkeit Gruseliges unmittelbar hinter ihm. Denzels Kopf fühlte sich heiß an, und er roch, dass sein Haar angekokelt war. Er duckte sich und rannte los, warf sich über ein Förderband und landete mit dem Kopf voran hinter den Kassen.

Etwas Weißes flog ihm ins Gesicht, und er schrie panisch. Ganze drei Sekunden vergingen, bis er merkte, dass es nur eine Plastiktüte war.

Mit etwas Mühe kam Denzel auf die Beine. Er blieb jedoch in einer geduckten Position, sodass sein Kopf nur ein winziges Stückchen über die Kasse ragte. Ein Dutzend oder mehr weißer, formloser Erscheinungen schwebte dicht unter der Decke. Aus vier verschiedenen Gängen kamen vier verschiedene Energieexplosionen – von Boyle, Samara, Knightley und deren Partner Rasmus.

Rasmus, ein großer, pickeliger Oberon, war Denzel bei der Einsatzbesprechung vorgestellt worden. Rasmus hatte seine ablehnende Haltung gegenüber Denzel sofort unmissverständlich klargemacht und ihn davor gewarnt, ihm ins Gehege zu kommen.

Denzel hatte versprochen, das nicht zu tun, und hatte gleich darauf versehentlich auf Rasmus' Umhang gestanden, worauf Rasmus gestolpert war. Samara hatte darüber gelacht, aber außer ihr fand es anscheinend niemand lustig – Rasmus am allerwenigsten.

Die eigentliche Besprechung war mehr oder weniger an Denzel vorbeigerauscht. Quinn hatte irgendetwas von einem Supermarktanbau erzählt, durch den ein alter Friedhof beschädigt wurde, aber es war auch viel die Rede von *freischwebend* und *Klasse 2* gewesen, weshalb Denzel bald nur noch mit halbem Ohr zugehört hatte. Soweit er wusste, sollte er nur mitkommen, um zuzugucken, und hatte nicht damit gerechnet, in einer ausgewachsenen Geisterschlacht in die Schusslinie zu geraten.

Ein zischender, violetter Energiestrahl traf eines der Betttuch-Gespenster in die Flatterteile. Es krallte sich noch einen Moment lang in die Luft und ging dann plötzlich hinter einem Regal nieder.

»Hab einen!«, brüllte Boyle.

Kurze, pulsierende Energiestöße kamen vom nächsten Gang. Zwei getroffene Gespenster drehten sich im Kreis und fielen dann wie angeschossene Vögel zu Boden.

»*Zwei!*«, rief Knightley. »Rasmus, versteinere die beiden!«

»Bin dabei!«

»Vermassele es nicht, Rasmus.« Das war Samaras Stimme. »Sag Bescheid, wenn du Hilfe brauchst.«

»Ach, *halt die Klappe!*«, fauchte Rasmus.

Denzels Herz, das wie ein Presslufthammer gedröhnt hatte, beruhigte sich ein wenig. Sie schienen die Situation in den Griff zu bekommen. Die Gespenster fielen, die Leute von S.P.U.K. standen noch, und es sah aus, als würde alles gut ausgehen.

Außerdem war er hinter den Kassen noch nicht entdeckt worden. Ein gutes, sicheres Versteck.

RUMMS!

Die Schublade der Kasse sprang auf und traf Denzel an der Stirn. »Au!« Er verzog das Gesicht und sah dann entsetzt, dass zwei geisterhafte Hände aus der Schublade kamen, deren Finger wie Insektenbeine über die Ränder krabbelten.

»Buh!«, kicherte ein augenloser Kopf, der, Münzen und Scheine auf dem Boden verteilend, ebenfalls aus der Schublade kroch. Ein kalter Windhauch streifte Denzel, als er aufstand und halb aus seinem Versteck kletterte, halb stürzte.

»Ha-ha-hau ab«, stammelte er. Er hielt die Hände so vor sich, dass sie ein Kreuz bildeten, obwohl er eigentlich ziemlich sicher war, dass dies nur bei Vampiren funktionierte – und selbst da nur in Filmen. »Wenn du näher kommst, dann … dann …«

Dann was? Was würde er tun? Schreien? Weglaufen? Sich in die Hose pinkeln? Alles durchaus im Bereich des Möglichen. Der Anblick des Geistes, der aus der Kasse stieg und auf ihn zuflatterte, machte Wackelpudding aus seinen Beinen und seinem Gehirn, und er wusste nicht, wie er reagieren sollte.

Denzel hatte gerade entschieden, alle drei Taktiken auf einmal anzuwenden, als ein schwarzer Kreis, etwa so groß wie ein Autoreifen, über dem Geist in der Luft erschien. Der Geist blickte genau in dem Moment auf, als eine Hand durch das Loch griff und ihn packte.

»Nicht so hastig, mein Lieber!«, sagte eine Stimme, die Denzel als Samaras erkannte. Die hohlen Augenlöcher des Geistes wurden groß, als er in die Dunkelheit gezogen wurde.

Einen Augenblick später streckte Samara den Kopf durch das Loch und lächelte Denzel an. »Alles in Ordnung?«

»Äh … Äh … Äh …« war alles, was Denzel hervorbrachte.

»Super. Dauert nicht mehr lange. Ruf uns, wenn du Hilfe brauchst«, sagte Samara. Sie zeigte ihm einen erhobenen Daumen und zuckte zusammen, als ihr eine Dose Fertigsuppe aus dem Loch auf den Kopf fiel. »He, Vorsicht!«, warnte sie und zog sich in das Loch zurück, das sich sogleich wieder schloss.

Vorsichtig schlich Denzel zu der Stelle, wo es gewesen war, und wedelte mit den Armen. Nichts. Als hätte es nie existiert.

Samara rief Boyle etwas zu, aber ihre Stimme war weit weg, irgendwo am anderen Ende des riesigen Supermarkts.

»Das ist verrückt«, flüsterte Denzel, lief ziellos hin und her und erwartete den nächsten Ärger.

In seiner Nähe lauerten keine weiteren Geister – zumindest sah er keine –, aber der Kampf war noch in vollem Gange: ein einziges Funkensprühen, Zischen und Blitzen.

Wie ein Feuerwerk, nur drinnen.

Alle paar Sekunden kribbelte es Denzel am ganzen Körper, drehte sich ihm der Magen um, oder er bekam Gänsehaut, wenn geschossen wurde – und war es noch so weit von ihm entfernt.

Nach einer besonders akrobatischen Umdrehung seines Magens fing dieser an zu knurren. Neben der nächstgelegenen Kasse gab es ein paar Schokoriegel. Denzel überlegte, einen davon zu essen, aber hatte kein Geld, um ihn zu bezahlen.

Wenn man bedachte, dass gerade ein großer Bereich des Supermarkts von Geisterjagd-Waffen und Zauberei zerlegt wurde, war ein Twix mehr oder weniger wahrscheinlich keine große Sache.

Trotzdem wäre es nicht richtig.

Aber wo er so darüber nachdachte, merkte er, dass er einen Bärenhunger hatte.

Und da er nun darüber nachdachte, konnte er nicht mehr *aufhören*, daran zu denken.

Er grübelte gerade über dieses moralische Dilemma, als er eine Stimme hörte.

»Hilfe!«

Es war die schwache Stimme einer alten Frau. Denzel war sich sicher, dass sie einer alten Frau gehörte, weil sie dieses Zittern hatte, das er nur von den Stimmen alter Frauen kannte.

Außerdem kauerte eine alte Frau hinter dem Zeitungsstand und winkte ihm.

Denzel winkte zurück. Dann wurde ihm klar, dass sie ihm wahrscheinlich nicht aus bloßer Nettigkeit winkte, sondern um seine Aufmerksamkeit auf sich zu lenken.

Ja, sah ganz so aus. »H-hilfe! Bitte!«

Denzel warf einen Blick über die Schulter in der Hoffnung, jemanden zu finden, der besser geeignet war als er und nachsehen konnte, was die alte Dame wollte. Aber hinter dem Ständer mit den Schokoriegeln war niemand – nur ganz weit hinten im Laden tobte der Kampf zwischen Geistern und Geisterjägern.

»Bitte!«

»Okay, okay, immer mit der Ruhe«, murmelte Denzel. Er duckte sich, so tief es ging, ohne den Boden zu küssen, und rannte zum Zeitungsstand.

Es dauerte länger als erwartet, bis er dort ankam, denn alle paar Schritte wurde er panisch und meinte, ein Geist springe ihm in den Rücken. Dann musste er stehen bleiben und sich umdrehen, um die Lage zu checken.

Als er das Gestell schließlich erreichte, brach die alte Frau beinahe in Tränen aus. »Was passiert hier?«, fragte sie, und ihre Stimme klang von Nahem noch zittriger. »Was ist los?« Sie starrte ihn aus ihrer Position am Boden mit weit aufgerissenen Augen flehend an, in der Hoffnung auf Hilfe.

Denzel öffnete den Mund, um zu sagen: »Hier sind überall Geister«, aber dann fürchtete er, das würde sie umbringen. Stattdessen sagte er: »Mäuse.«

Wenn er ehrlich war, hatte er gar nicht »Mäuse« sagen wollen und musste schnell den Gesichtsausdruck wechseln, damit die Frau seine eigene Überraschung nicht mitbekam.

»Mäuse?«

»Genau«, sagte Denzel – und klang dabei selbst wie eine. »Hier sind Mäuse im Laden.«

»Granate!«, brüllte Knightley. Am anderen Ende des Supermarkts explodierte etwas.

»Sehr große. Und *sehr* aggressive«, fügte Denzel hinzu. Er blickte hinter sich auf die Eingangstür und dann zurück zu der bebenden Rentnerin. »Man hat uns gesagt, alle seien evakuiert worden. Wie kommt es, dass Sie noch hier sind?«

»Ich war auf der Toilette«, begann die alte Frau und berichtete dann haarklein von ihrem Stuhlgang. Denzel blendete das aus, indem er sich auf die Schüsse und das Geheul der Geister konzentrierte. Als er wieder bewusst zuhörte, sagte sie gerade: »Und nachdem ich es *endlich* herunterspülen konnte, kam ich heraus, und hier war die Hölle los.«

»Aha, vielen Dank. Sie haben die Situation sehr ... anschaulich erklärt«, sagte Denzel. »Können Sie zur Tür rennen?«

»Ich habe zwei künstliche Hüftgelenke«, sagte die Frau.

»Können Sie zur Tür *gehen*?«

In den Augen der Frau schimmerten die Tränen. »Ich ... Ich ... Ich bräuchte Hilfe.«

Denzel warf einen Blick über den Zeitungsständer, um sicherzugehen, dass im Augenblick nichts Furchterregendes auf sie zukam, lächelte die Frau an und sagte: »Klar. Natürlich helfe ich Ihnen. Kommen Sie.«

Mit viel Mühe, kleineren Pannen und mehreren »Auf geht's« gelang es Denzel, die alte Dame auf die Füße zu hieven. Sie klammerte sich an seinen Arm, sodass er einen Teil ihres Gewichts mittrug. Sie war nicht viel größer als er, und die Finger an seinem Arm fühlten sich knochig an, also war das nicht viel. Als sie auf den Ausgang zuschlurften, war er deshalb versucht, sie sich einfach über die Schulter zu werfen und loszurennen.

Schließlich erreichten sie die Supermarkttür. Sie glitt auf, und Denzel führte die Frau darauf zu. »Fast geschafft«, sagte er. »Immer sachte. Nur noch ein paar Schri–«

RUMMS!

Eine unsichtbare Barriere blockierte den Ausgang. »Was ist los, mein Junge?«, fragte die alte Frau, als Denzel die Hand hob und gegen eine Wand aus fester Luft presste. Da war die Straße, direkt vor ihnen, aber die Barriere hinderte sie daran, den Laden zu verlassen.

»Sie haben eine magische Sperre errichtet«, stöhnte Denzel. »Sie haben uns hier eingesperrt.«

»Wer?«, fragte die Frau.

Denzel drehte sich zu ihr. Ihm wurde klar, dass er laut gedacht hatte, und er versuchte hastig, seinen Fehler wiedergutzumachen. »Äh, die Mäuse«, sagte er.

»Die Mäuse haben eine magische Sperre errichtet?«

»Ja. Sie sind schlauer, als wir denken«, sagte Denzel. Er wollte sich gerade wieder abwenden, um nach einem Platz zu suchen, wo sie in Deckung gehen konnten, als etwas auf der Straße seine Aufmerksamkeit erregte.

Eigentlich stimmte das nicht ganz. Schon vorher war ihm etwas aufgefallen, aber erst in diesem Moment begriff er, was es war. Die Straße war leer. Die Straße, die sich mitten im Stadtzentrum befand, lag verlassen da. Kein Fußgänger. Kein Auto. Nicht einmal ein Vogel am Himmel. Leere Bürgersteige, leere Straßen, einfach nur leer. Punkt.

»Hm, komisch«, sagte Denzel, als er sich langsam mit der alten Frau am Arm umdrehte. Fast hätte er wieder geschrien, als sein Blick auf eine schwarze Gestalt fiel, die mitten im Supermarktfoyer stand.

»Hallo, Denzel«, sagte Direktor Quinn.

Denzel wollte antworten, aber Quinn hob die Hand, um ihn daran zu hindern. »Ich erkläre es dir später. Bitte entferne dich jetzt erst einmal von der alten Dame.«

Die Frau klammerte sich noch fester an Denzels Arm. »Wer ist das? Woher kommt sie?«, fragte sie.

»Sie ist in Ordnung, sie ist ... Keine Sorge, kein Grund zur Panik.«

»Denzel. Tritt beiseite«, sagte Quinn, und Denzel bemerkte, dass sie eine Hand hinter ihrem Rücken verbarg. Ein schwacher blauer Schimmer umspielte die Fingerspitzen ihrer anderen Hand.

»Äh ...« Denzel schluckte. »Ist sie ...?«

Quinn nickte.

»Aha«, sagte Denzel. »Sie sieht gar nicht aus wie ...«

»Nein, ist sie aber.«

»Wie sehe ich aus?«, fragte die alte Dame. Ihr Griff an Denzels Arm wurde noch fester. Fast fühlte es sich an, als würden sich ihre knochigen Finger in sein Fleisch bohren. »Was ist mit mir?«

»Äh … Sie sehen aus, als hätten Sie Durst«, sagte Denzel. »Ich hole Ihnen ein Glas Wasser.«

Er wollte seinen Arm wegziehen, aber ihre Finger bohrten sich in ihn wie ein Schraubstock. Die alte Dame fing an zu lachen, ein schrilles, hexenartiges Kreischen, das eher durch ihre Nase als aus ihrem Mund zu kommen schien.

»Denzel, geh beiseite«, befahl Quinn knapp und dringlich.

»Ich versuche es ja!«, sagte Denzel, biss die Zähne zusammen und stemmte sich gegen den Griff der Alten. »Ich … komme nicht … los!«

Quinn verfiel weder in Panik, noch wirkte sie in irgendeiner anderen Weise gestresst. Sie schnalzte bloß missbilligend mit der Zunge und seufzte, als hätte sie das schon unzählige Male zuvor getan.

Sie holte die Hand hinter dem Rücken hervor. Darin hielt sie eine futuristisch aussehende Pistole mit einem Lauf in der Größe einer Konservendose.

Als Quinn die Waffe auf die Stirn der alten Frau richtete und den Abzug betätigte, hörte diese auf zu lachen.

Ein dumpfer Ton wie ein winziger Donnerschlag war zu hören, und das, was eben noch der Kopf einer Rentnerin gewesen war, wurde eine knurrende, um sich schlagende Masse geisterhafter Fangarme.

»Äh …«, sagte Denzel und versuchte nun noch angestrengter, sich zu befreien. »Äh … Äh …«

»Keine Sorge, Denzel, es ist alles unter Kontrolle«, sagte Quinn. Sie schob ihre freie Hand nach vorn, und die alte Dame mit dem Tentakelkopf flog rückwärts und donnerte gegen die unsichtbare Barriere.

Die Frau – oder was auch immer es war – glitt zu Boden und blieb reglos liegen. Quinn murmelte etwas Unverständliches und lächelte Denzel an.

»Komm, gehen wir ein paar Schritte zusammen«, sagte sie. »Du siehst aus, als könntest du ein wenig frische Luft gebrauchen.«

Denzel folgte Quinn zur Tür, wobei er einen so großen Bogen wie möglich um die leblose Tentakeldame machte. Als sie sich der Stelle näherten, wo die Barriere sein musste, reichte Quinn ihm eine Hand.

Nach kurzem Zögern ergriff er sie. Die Luft um sie herum schien sich zu kräuseln, als Denzel von der Direktorin nach draußen geführt wurde.

Der Lärm traf ihn unvorbereitet. Hupen. Motoren. Gesprächsfetzen. Die Geräusche einer belebten Innenstadtstraße.

Und sie *war* belebt. Fußgänger strömten zu Hunderten an ihnen vorbei. Autos, Transporter und Busse stauten sich auf der Straße, und vereinzelte Radfahrer sausten selbstzufrieden zwischen ihnen durch.

Denzel sah über die Schulter zum Supermarktausgang. »Aber ... Aber ... Vor einer Minute war hier nichts.«

»Doch«, sagte Quinn und atmete tief ein. »Es ist immer da. All ... das hier.« Sie zeigte über das überquellende Stadtzentrum, und Denzel glaubte zu sehen, wie ihre Nasenflügel vor Abscheu bebten. »Wir hüllen jeden Vorfall in eine ... nennen wir es Blase. Sie hält die Welt da draußen fern, sodass wir ungestört unsere Arbeit verrichten können.«

»Aber wie?«, fragte Denzel. »Ich meine, der Laden ist immer noch da. Die Tür ist offen. Was, wenn jemand reinkommt?«

»Das passiert nicht«, sagte Quinn. Sie zeigte mit dem Kinn auf den Bürgersteig. »Sieh es dir an.«

Denzel beobachtete, wie eine erschöpft wirkende Frau mit drei Kindern und einer Jutetasche auf die Supermarkttür zuging, kurz verwirrt aussah, sich dann abwandte und einfach weiter die Straße hinunterlief.

»Sie weiß nicht, warum sie das tut«, erklärte Quinn, während sich die Frau entfernte. »Sie wollte hineingehen, aber irgendetwas hat sie davon abgehalten. Etwas tief in ihrem Inneren, eine Art Urinstinkt – jedoch ohne dass sie sich darüber in irgendeiner Form im Klaren ist.«

»Das können Sie mit Menschen machen?«, fragte Denzel.

»Ha!«, schnaubte Quinn freudlos. »Menschen sind einfach. Wenn man sich ein bisschen anstrengt, kann man jeden dazu bringen, zu tun oder zu denken, was man will.« Sie wandte sich ab von dem Lärm und dem Verkehr und sah Denzel zum ersten Mal an, seit sie den Supermarkt verlassen hatten. »Man *könnte*, wenn einem der Sinn danach stünde.«

Sie drehte sich wieder nach vorn und schaute nach rechts und links den Bürgersteig hinunter. »Sieh sie dir an. Sie haben keine Ahnung, welche Gefahren unter der Oberfläche dieser Welt lauern. Sie haben keine Ahnung, was wir alles unternehmen, damit sie in Sicherheit sind.« Sie wippte mit den Fersen auf und ab und schnalzte mit der Zunge. »Früher habe ich sie darum beneidet. Um ihre Unwissenheit.«

»Und jetzt?«, fragte Denzel.

Quinn schwieg einen Augenblick. Dann drehte sie sich halb um und ergriff erneut Denzels Hand. »Jetzt tun sie mir leid«, sagte sie. Sie betraten wieder den Laden, und der Stadtlärm wich dem Heulen von Geistern und dem magischen Knistern.

Die alte Frau lag nicht mehr am Boden. Das war das Erste, was Denzel auffiel. Das Zweite war, dass sie stattdessen nun an der Decke hing wie Spiderman, und die Tentakel an ihrem Kopf durch die Luft peitschten.

»Ich dachte, Sie hätten künstliche Hüftgelenke!«, rief er ihr zu. Quinn neben ihm hob eine Hand und murmelte etwas. Die Deckenverkleidung kräuselte sich wie Wasser, und der Geist verlor den Halt.

Denzel sprang zur Seite, als der Körper der alten Frau mit einem dumpfen *Flatsch* am Boden aufprallte. »Oooh, das tat bestimmt weh«, flüsterte er. Und kreischte dann, als eine ihrer Hände sich aus dem Ärmel löste und auf den Fingerspitzen in seine Richtung huschte.

Der Tentakelkopf schnappte nach Quinn, sodass diese zurückweichen musste. Denzel hüpfte und stampfte mit den Füßen auf, während die Hand auf ihn zukrabbelte. »Aaaah! Hau ab! Aufhören!«

Die Fingergelenke bogen sich, und die Hand sprang wie eine Spinne hoch auf Denzels Brust. Hektisch versuchte er, sie abzustreifen. »Aah! Runter von mir!«, schrie er, aber die Hand schoss auf seinen Rücken und die Schulter hoch.

»Hilfe!«, rief er, aber Quinn hatte genug damit zu tun, dem Tentakelkopf der Frau auszuweichen. Denzel zischte, als die Hand an seinen Haaren riss und ihn in einen Stand mit Klatschzeitschriften stolpern ließ.

»Au, au, au!«, protestierte er. Er griff nach der Hand und zerrte daran, mit dem Ergebnis, dass er sich selbst an den Haaren zog. »Oooh, noch schlimmer, viel schlimmer!«

Er wirbelte herum. Er wand sich. Er grub die Fingernägel in das lose Handgelenk. Erfolglos.

»Nicht bewegen, Denzel!«, bellte eine vertraute Stimme. Er ignorierte die Anweisung und drehte sich um. Boyle und Knightley umstanden ihn mit erhobenen Sturmgewehren. »Du hast da was in den Haaren.«

»Ich *weiß!*«, schrie Denzel. »Holt es raus!«

»Schon geschehen!«, sagte Knightley herablassend, während sie zielte.

»Nein, warte!«, sagte Boyle. Aber aus Knightleys Waffe ertönte ein lautes, schrilles Kreischen. Denzel fühlte sich, als hätte sich die ganze Welt einen Schritt nach links bewegt und ihm nichts davon gesagt.

Um ihn herum wurde es dunkel.

Kapitel 12

Denzel schreckte hoch. Und schrie.

Ein paar Sekunden schlug und trat er in Panik um sich, und nur dank ihrer beeindruckend schnellen Reflexe konnte Direktor Quinn vermeiden, dass eine Faust in ihrem Gesicht landete.

»Ah, da ist er ja wieder«, sagte sie, als er aufhörte, die Luft um sich herum zu vermöbeln. Sie saß am Fußende seines Bettes. »Wir haben schon angefangen uns Sorgen zu machen, dass du gar nicht mehr aufwachst.«

Denzel griff sich hastig ins Haar. Erleichtert stellte er fest, dass sich nichts daran festklammerte, und atmete so tief aus, als hätte er sogar im Schlaf den Atem angehalten.

»Wie lange war ich weg?«, fragte er.

»Ungefähr neun Stunden«, antwortete Samara. Sie saß auf einem Stuhl am Kopfende. Sie lächelte, als Denzel sie bemerkte, schraubte den Deckel von einer

Wasserflasche und reichte sie ihm. »Du bist ziemlich heftig zu Boden gegangen.«

Denzel trank einen Schluck und hielt sich dann die kühle Flasche an die Wange. »Hat Knightley auf mich geschossen?«

»Sie hat an dir vorbeigeschossen«, sagte Quinn. »Aber offensichtlich zu nah. Sie hat einen Verweis bekommen.«

»Aha. Okay«, erwiderte Denzel. Er verrenkte den Hals und strich sich die Haare glatt. »Was war das? Die alte Frau, meine ich.«

»Zunächst einmal war sie keine echte alte Frau«, sagte Quinn.

»Ja, das habe ich mir schon gedacht«, sagte Denzel. »Weil sich ihr Kopf in einen Oktopus verwandelt hat und so.«

»Gut aufgepasst«, sagte Quinn. »Wenn du den Fachbegriff wissen willst: Das war eine vierdimensionale, nichtsterbliche physische Materialisierung.«

Denzel ging all die Wörter in seinem Kopf durch und versuchte herauszufinden, was sie bedeuteten. »Vierdimensional?«

»Das heißt, sie sind in der physischen Welt komplett abgebildet und auch zu taktiler Interaktion fähig«, sagte Samara.

Denzel nickte. »Aha. Und was heißt *das*?«

»*Drei*dimensionale physische Materialisierungen sehen aus, als wären sie wirklich da, können dich aber nicht berühren«, erklärte Quinn. »Vierdimensionale können das.«

»Und du willst gar nicht wissen, was die fünfdimensionalen können«, sagte Samara. »Glaub mir.«

»Es war also ... ein Geist?«, fragte Denzel.

»Ja«, sagte Quinn.

»Aber anfassbar?«

»Ja«, sagte Samara.

»Aber ... Wie kann es dann ein Geist sein?«, fragte Denzel. »Also, die anderen – die Dinger, die aussahen wie Bettlaken? Dass die Geister waren, verstehe ich. Aber die alte Frau ... die sah doch einfach nur aus wie eine alte Frau. Zumindest am Anfang.«

»In mancher Hinsicht *war* es tatsächlich eine alte Frau«, sagte Quinn. »Oder kam dem zumindest so nahe wie möglich, ohne wirklich eine zu sein. Verstehst du?«

»Nein«, sagte Denzel.

Quinn lächelte ihr nicht ganz echtes Lächeln. »Selbst mit unseren Geräten können wir physische Materialisierungen nicht immer entdecken. Wir wissen nicht, wie viele es da draußen gibt, wie viele unter uns leben. Na ja, nicht wirklich *leben*, natürlich. Existieren. Du hattest Glück, dass ich die Situation beobachtet habe. Ich wollte sehen, wie du dich in freier Wildbahn schlägst.«

»Und, wie habe ich mich geschlagen?«, fragte Denzel, obwohl er es sich schon denken konnte.

»Du hast überlebt«, sagte Quinn. »Das ist ein positives Ergebnis. Nicht auszudenken, was die physische Materialisierung mit dir gemacht hätte, wenn ich nicht eingegriffen hätte.«

»Sie schien mir eigentlich nicht wehtun zu wollen oder so«, sagte Denzel. »Sie hat mich bloß um Hilfe gebeten.«

Er dachte an den Poltergeist und die zwei Wörter in der Luft.

»Ja, aber die erzählen einem alles, was man hören will«, meinte Quinn. »Man kann ihnen nicht trauen.«

Sie strich Denzels Bettdecke glatt und stand dann auf. »Auf jeden Fall gut, dass du aufgewacht bist. Samara, bitte sorge dafür, dass Denzel alles hat, was er braucht, und dann lass ihn sich am besten ausruhen.« Sie lächelte Denzel an. »Für das Training morgen musst du wieder topfit sein.«

»Aber ... Morgen gehe ich nach Hause«, sagte Denzel.

»Vierundzwanzig Stunden hast du uns versprochen«, sagte Quinn auf dem Weg zur Tür. »Also Training. Mit Boyle. Morgen früh.«

Samara erhob sich ebenfalls und nahm vor der Direktorin eine Haltung ein, die wie eine Mischung aus Verbeugung und Knicks wirkte. Dann fiel die Tür ins Schloss, und sie waren allein.

»Es tut mir *so* leid, was passiert ist«, sagte Samara. »Es war meine Schuld. Ich hätte besser auf dich aufpassen müssen.«

»Ist schon in Ordnung, mach dir keine Gedanken. Du musstest schließlich Geister jagen und so«, sagte Denzel. »Habt ihr sie alle erwischt?«

»Ja, alle«, antwortete Samara. »Na ja, außer der physischen Materialisierung. Die ist entkommen. Die anderen sind versteinert und in den Geisterzellen verstaut.«

»Und was passiert mit ihnen?«, fragte Denzel, während er sich im Bett aufrichtete. »Was macht ihr mit ihnen? Schickt ihr sie ins Geisterreich?«

»Nein, das nicht«, sagte Samara. »Dafür müssten wir einen Durchgang öffnen, und das wäre zu gefährlich.«

»Wie kommen sie denn raus? Aus dem Geisterreich, meine ich?«, fragte Denzel. »So kommen sie doch zu uns, oder?«

Samara schüttelte den Kopf. »Nein. Wenn etwas erst einmal da drin ist, kann es nicht mehr raus, soweit wir wissen. Es ist wie eine Einbahnstraße. Die Geister, die hier auftauchen, sind aus irgendeinem Grund nie im Geisterreich angekommen. Oder sie sind vielleicht einfach lieber hier.«

»Und ihr sperrt sie einfach weg?«, fragte Denzel. »Für immer?«

Samara stand auf. »Das, oder wir lassen sie frei«, sagte sie. »Und du hast ja gesehen, was dann passiert.«

»Ja. Glaube schon«, sagte Denzel. »Klingt so, als würde Quinns Plan allen das Leben erleichtern.«

Samara fuhr herum. »Quinns Plan?«

»Ja. Sie will irgendwie alle Geister loswerden ... oder so«, sagte Denzel. »Sie hat gesagt, danach würde S.P.U.K. nicht mehr gebraucht.«

Samara nickte langsam. »Aha. Klar. Natürlich. Hat sie sonst noch was gesagt?«

»Nein«, sagte Denzel. »Ich glaube nicht. Äh, außer ... Das fällt mir jetzt erst wieder ein ... dass ich es für mich behalten soll.«

»Keine Angst, ich verrate ihr nicht, dass du es mir gesagt hast«, versprach Samara. Sie zögerte einen Moment, als wollte sie noch etwas sagen, aber dann schüttelte sie nur den Kopf. »Gute Nacht, Denzel.«

»Nacht«, antwortete Denzel, als Samara hinausging und die Tür hinter sich zuzog.

Er rutschte wieder in eine liegende Position, zu müde, um sich auszuziehen. Er musste auf Toilette. Noch war es nicht wahnsinnig dringend, aber er wusste, wenn er jetzt so einschlief, würde seine Blase in ein paar Stunden beim Aufwachen schier platzen.

Er sollte ein Klo suchen. Bestimmt gab es eins in der Nähe.

Ja, dachte er, während ihm die Augen zufielen. Er sollte sich definitiv auf die Suche nach einer Toilette machen.

*

Am nächsten Morgen wachte Denzel auf, und seine Blase war leer. Zuerst fürchtete er, er habe ins Bett gepinkelt, stellte dann aber erleichtert fest, dass die Laken knochentrocken waren.

Kurze Zeit später machte er sich dann *doch* beinahe in die Hosen, als Boyle in sein Zimmer platzte und ihn anbrüllte, er solle aufstehen, das Training gehe gleich los.

Nun stand Denzel Boyle gegenüber, kaute einen Müsliriegel, sah hinunter auf die Waffe in seiner Hand und versuchte unauffällig herauszufinden, wo der Abzug war. Das Problem war nicht, dass er keinen sah, sondern dass er zu viele scheinbare Abzüge sah. Drei kamen aus verschiedenen Teilen des Laufs, und mindestens einer befand sich auf der Rückseite.

»Alles kapiert?«, fragte Boyle.

Denzel schluckte den letzten Bissen Müsliriegel herunter und sah auf. »Hm?«

Genervt wiederholte Boyle: »Hast du alles verstanden, was ich dir gerade gesagt habe?«

»Das Wesentliche auf jeden Fall«, log Denzel. »Aber vielleicht sollten wir es noch mal durchgehen, nur zur Sicherheit.«

Boyle schüttelte den Kopf und murmelte etwas. »Okay, die Kurzversion«, sagte er gereizt. »Wie du gestern gesehen hast, gibt es Geister in vielen verschiedenen Formen. Manche sind unsichtbar – zumindest für die meisten von uns –, andere halb durchsichtig, wieder andere sind leuchtende Energiebälle, und dann gibt es solche, die fest sind …«

»Ich verstehe immer noch nicht, wie das sein kann«, sagte Denzel.

»Weil es sich um übernatürliche Geisterenergie handelt, können sie jede Form annehmen, die sie wollen«, sagte Boyle. »Dabei fällt mir ein: Hast du gestern den Plasmazerstörer mitgenommen?«

»Nicht, dass ich wüsste«, sagte Denzel. »Was ist das denn?«

»Die Kiste, die du hochgehoben hast, als ich dir den Zerstörer gezeigt habe«, sagte Boyle und verengte die Augen zu Schlitzen. »Du schienst ungewöhnlich interessiert daran zu sein, und jetzt ist sie weg.«

»Oh. Nein, hab ich nicht«, sagte Denzel. »Warum sollte ich?«

»Das wüsste ich gerne von dir«, sagte Boyle.

»Kann ich dir nicht sagen ... Ich habe sie ja nicht weggenommen«, meinte Denzel.

Boyle trat einen Schritt auf ihn zu. »Stimmt das?«

»Äh, ja. Das stimmt.«

Boyle überschritt Denzels persönlichen Wohlfühlabstand um einige Zentimeter. Er hörte Boyles Atem durch dessen Nasenlöcher ein- und ausströmen, während er vor ihm stand und ihn wütend anfunkelte.

»Na gut«, sagte er schließlich. Er trat zurück und zeigte auf die Waffe in Denzels Händen. »Das ist der Dampfschüttler Ausführung 4. Standardausrüstung für Agenten im Feld, bevor er durch ein neueres Modell ersetzt wurde. Trotzdem immer noch effizient.«

»Sieht so aus«, sagte Denzel. »Mit all den Abzügen und Knubbelteilen und so.«

»*Knubbelteile?*«, fragte Boyle verächtlich und schüttelte den Kopf. »Egal, vergiss es. Du musst einfach nur zielen und abdrücken, es ist alles eingestellt.«

Er zeigte auf die Tür am anderen Ende des Raums. Daneben befand sich ein Fenster, durch das man in das Innere des nächsten Übungsraums blicken konnte. Es zeigte eine kulissenhafte Straßenszene mit einer gemalten Stadt im Hintergrund und zweidimensionalen Mülleimer aus Holz im Vordergrund.

»Gehe da durch und warte ab, bis die Ziele auftauchen. Wenn du dir sicher bist, dass es Geister sind, eröffnest du das Feuer. Falls es keine Geister sind oder du dir nicht sicher bist, nicht. Alles klar?«

Denzel nickte. »Die Geister abschießen, den Rest nicht.«

Er trat durch die Tür, die hinter ihm zufiel. Boyle erschien im Fenster. »Okay, das Programm ist gestartet«, sagte er. »Viel Glück.«

Denzel hielt das Gewehr dicht am Körper, den Zeigefinger an einem der vielen Abzüge. Er suchte die Kulisse ab nach Hinweisen, woher die Geister kommen könnten. »Ich schaffe das«, flüsterte er.

Da bewegte sich etwas hinter einem Mülleimer und schoss ihm auf einer Sprungfeder entgegen.

Denzel schrie, schloss die Augen und eröffnete das Feuer.

*

»Also, wie ist es gelaufen?«

Direktor Quinn saß hinter ihrem Schreibtisch, die Finger vor sich aufgestellt. Denzel stand zwischen Samara und Boyle und wand sich.

»Nicht *berauschend*«, gab er zu.

»Er hat einem Mädchen ins Gesicht geschossen«, sagte Boyle.

»Aus Versehen«, sagte Denzel.

»Elf Mal«, ergänzte Boyle.

»Es war kein echtes Mädchen, nur eine Pappfigur.«

»Aha. Verstehe«, sagte Quinn und lehnte sich in ihrem Stuhl zurück. Sie wandte sich an Samara. »Lief es bei dir besser?«

»Nicht so richtig«, antwortete Samara. »Ich habe ihn den Flauros-Ring ausprobieren lassen, aber es hat nicht besonders gut geklappt.«

»Was heißt ›nicht besonders gut‹?«

»Er hat mich fast in Brand gesetzt.«

Quinn nickte. »Aha«, sagte sie erneut. »Aber das ist noch kein Grund zur Sorge. Ich bin überzeugt, dass du dich hier einfügen kannst, Denzel. Wir müssen nur –«

»Nein«, sagte Denzel.

Quinns Lächeln erstarb. »Wie bitte?«

»Ich meine, danke für das Angebot und alles, es war wirklich interessant, aber ich würde jetzt gerne nach Hause gehen.«

»Nach Hause?«, fragte Quinn, als wäre ihr dieser Begriff nicht bekannt.

»Ja«, sagte Denzel. »Nach Hause.«

Lange sagte niemand etwas. Denzel kam gerade an den Punkt, an dem er sich so unwohl fühlte, dass er selbst irgendetwas von sich geben wollte, da nickte Quinn. »Natürlich«, meinte sie und stand auf. »Schade, dass es nicht funktioniert hat. Ich glaube, wir hätten eine Menge voneinander lernen können, Denzel, aber selbstverständlich musst du tun, was du für richtig hältst.«

»Äh, danke«, sagte Denzel und schüttelte der Direktorin die Hand. »Müssen Sie noch meine Erinnerung löschen oder so?«

»Das ist nicht nötig«, sagte Quinn.

»Was?«, sagte Boyle. »Aber –«

Quinn hob eine Hand, um ihn zum Schweigen zu bringen. »Das ist nicht nötig. Denzel kann gehen. Ich vertraue ihm. Er wird unsere Geheimnisse nicht verraten.« Sie hielt nach wie vor Denzels Hand, verstärkte nun den Druck und beugte sich vor. »Wir können dir doch vertrauen, oder, Denzel?«

»Ja. Ja, natürlich.«

»Wunderbar«, sagte sie leise. »Dann wünsche ich dir alles Gute und bete, dass das Allüberall immer mit dir ist.«

»Äh, okay. Danke. Ich gehe dann mal«, sagte Denzel. »Oh, was ich noch fragen wollte … Meine Väter?«

»Was ist mit ihnen?«

»Als Sie ihnen gesagt haben, dass ich nicht nach Hause komme, was haben Sie ihnen da erzählt?«

»Mach dir darüber keine Gedanken. Das ist nicht wichtig«, sagte Quinn. »Das einzig Wichtige ist, dass du keine Probleme bekommst. Um ehrlich zu sein«, fügte sie hinzu und lächelte wieder, »würde es mich überraschen, wenn ihnen überhaupt aufgefallen wäre, dass du weg warst.«

Kapitel 13

Denzel trat aus dem Aufzug und schaute blinzelnd in die Vormittagssonne. Die Luft fühlte sich kalt und schneidend an auf seiner Haut. Er atmete tief durch und genoss die Frische.

Als er um die Ecke ging, stieß er mit jemandem zusammen, der offensichtlich direkt dahinter gelauert hatte. »Ah! Hau ab!«, kreischte Schmitti und wedelte wild mit den Armen. Als er bemerkte, wer da in ihn hineingelaufen war, hörte er auf. »Denzel! Du bist es! Du lebst!«

»Natürlich lebe ich«, sagte Denzel. »Was machst du denn noch? Hast du dich etwa seit gestern nicht vom Fleck bewegt?«

»Natürlich nicht! Auf keinen Fall würde ich nachts um eine gruselige alte Kirche herumschleichen«, sagte Schmitti. »Ich bin gerade erst gekommen, um nach dir zu sehen – ob du in Gefahr bist oder so.«

Denzel schüttelte den Kopf. »Ich bin nicht in Gefahr. Solltest du nicht in der Schule sein?«

»Ja, du aber auch«, antwortete Schmitti.

»Direktor Quinn hat gesagt, sie hätte alles so geregelt, dass ich keinen Ärger bekäme«, sagte Denzel.

»Wie praktisch«, meinte Schmitti. »Für mich auch?«

»Ich bezweifle es«, sagte Denzel.

Schmitti zuckte mit den Schultern. »Na ja. Wollen wir was zusammen machen?«

Denzel gähnte. »Hmmm? Oh, nein, gerade ist schlecht. Tut mir leid. Ich bin k.o. Und habe Hunger.«

»Ich habe immer noch ein bisschen Rührei, wenn du willst«, bot Schmitti ihm an und holte die zerknitterte Papiertüte aus der Tasche.

»Nein, danke«, sagte Denzel. »Ich glaube, ich gehe einfach nach Hause.«

»Oh. Na gut«, sagte Schmitti und rollte die Tüte wieder zusammen. »Hey, Denzel, kennst du den schon?«, begann er, aber Denzel unterbrach ihn.

»Nicht jetzt, Schmitti«, sagte er.

Schmittis Lächeln verschwand. »Oh. Okay.«

»Es ist nur ... Das waren zwei echt seltsame Tage.«

»Ja. Klar«, sagte Schmitti und fand sein Lächeln wieder. »Sehen wir uns Montag in der Schule?«

»Ja. Auf jeden Fall. Bis Montag«, sagte Denzel, winkte seinem Freund, drehte sich um und ging eilig davon.

Die Wiggins Street, in der sich die Kirche befand, lag von Denzels Zuhause aus gesehen am anderen Ende der Stadt. Mit dem Bus hätte er vor seinen Vätern zu Hause ankommen und auf diese Weise eine Menge unangenehmer Fragen vermeiden können, aber er hatte überhaupt kein Geld dabei.

Also beschloss er, stattdessen einfach zu rennen. Er sprintete die Wiggins Street entlang durch ein grünes Wohnviertel. Dann marschierte er strammen Schrittes durch die volle Innenstadt. Jetzt, da er sich immer weiter von der Kirche entfernte und zwischen lauter Menschen unterwegs war, erschien ihm der unterirdische Bunker wie ein verrückter Traum. Als er zwanzig Minuten später in seine Straße einbog, hüpfte er fast. Ja, er war von einem riesigen Müllmonster attackiert worden, war mehrfach mit Gewehren bedroht und fast von einem tobendenden Poltergeist gefangen worden, hatte von einer wild gewordenen Supermarktkasse eins vor den Kopf bekommen und war mit einem unheimlichen Rentnergeist mit Tentakeln konfrontiert worden – aber all das lag nun hinter ihm. Es waren zwei vollkommen verrückte Tage gewesen, aber morgen war Wochenende – und statistisch gesehen konnte es nur besser werden.

Selbst das vor dem Haus geparkte Auto seiner Väter trübte seine Laune nicht. Im Gegenteil, sein Lächeln wurde noch breiter. Er wusste nicht genau, was Quinn ihnen gesagt hatte, und hätte wahrscheinlich auf einer Erklärung bestehen sollen, aber sie hatte ziemlich ausweichend reagiert. Na ja, sie würden höchstens ein wenig schimpfen. Wenn überhaupt. Ein bisschen Ärger war normal, und eine gesunde Portion Normalität war genau das, was er nach den vergangenen vierundzwanzig Stunden brauchte.

Mrs Grigor, die alte Frau, die auf der gegenüberliegenden Straßenseite lebte, sah aus dem Fenster, als Denzel vorbeikam. Er winkte ihr zu und war ein wenig überrascht, dass sie nicht zurückwinkte. Aber ihre Augen waren nicht mehr die besten, und vermutlich rechnete sie am frühen Nachmittag nicht mit ihm.

Er pfiff, als er den Pfad zum Haus entlangschlenderte, und trommelte dazu mit dem Finger auf dem Zaun. An der Tür angekommen, kramte er in der Tasche nach seinem Schlüssel, doch dann wurde die Tür von innen geöffnet. Er blickte auf, und da stand Owen, der jüngere seiner Väter, noch im kurzärmligen Arbeitshemd und mit Krawatte. Zu Denzels Erleichterung lächelte er. Anscheinend hatte Quinn ihm tatsächlich wie versprochen eine überzeugende Geschichte aufgetischt.

»Hallo!«, sagte Owen. »Ich habe dich kommen sehen und dachte, ich mache schon mal auf!«

»Hallo! Sorry wegen gestern Abend«, sagte Denzel. Er wollte an Owen vorbei ins Haus schlüpfen, aber der legte schnell eine Hand an den Türrahmen und versperrte ihm so den Weg.

»Äh … Gestern Abend?«, fragte Owen.

»Ja«, sagte Denzel. »Dass ich nicht da war.«

Owen nickte langsam. »Ach so. Aha. Verstehe«, sagte er. »Was kann ich für dich tun?«

Denzel blinzelte. »Na ja, als Erstes könntest du mich reinlassen.«

Owen musterte ihn. »Und warum sollte ich das tun?«

»Weil ich hier wohne«, sagte Denzel.

Verschiedene Ausdrücke wechselten sich auf Owens Gesicht ab, als könnte er sich nicht für einen entscheiden. Das Endergebnis war eine Mischung aus Belustigung und Verwirrung. »Tut mir leid, aber ich glaube, du hast dich im Haus vertan.«

Die Härchen in Denzels Nacken kitzelten. Er wollte etwas sagen, aber beim ersten Versuch bekam er keinen Ton heraus.

»Sehr lustig, Owen. Komm schon, lass mich rein«, brachte er am Ende heraus. Er versuchte sich durch den Spalt zwischen seinem Vater und dem Türrahmen zu schlängeln. Sofort blockierte Owen den Durchgang mit seinem Körper.

»Was machst du da? Lass das!«, sagte er. »Ich lasse dich nicht rein. Du wohnst hier nicht!«

»Owen, ich bin's! Hör auf mit dem Quatsch«, sagte Denzel. »Lass mich rein!« Mit diesen Worten versuchte er, Owen zur Seite zu schieben und in den Flur zu gelangen.

»Jack! Jack!«, rief Owen, hielt sich am Türrahmen fest und schubste Denzel mit der Hüfte zurück. »Komm schnell!«

Jack, Denzels älterer Adoptivvater, polterte zwei Stufen auf einmal nehmend die Treppe herunter. Obenherum trug er noch Hemd und Krawatte, unten bereits eine kurze Trainingshose und seine abgelatschten Laufschuhe.

»Was ist los?«, fragte er. »Was geht hier vor?«

»Dieser Junge«, sagte Owen, während er hektisch versuchte, Denzel zurück in den Vorgarten zu schieben. »Er will hier unbedingt rein.«

»Okay, ganz ruhig, ganz ruhig«, sagte Jack, nahm Owens Arm und zog ihn beiseite. Denzel stolperte in den Flur, wurde jedoch nun von dem viel größeren Jack aufgehalten, der ihm ebenfalls den Weg versperrte. »Alles in Ordnung, Junge?«, fragte der.

In Denzel keimte Hoffnung auf. »Du kennst mich?«, fragte er. »Bitte sag, dass du mich wiedererkennst.«

Jack lächelte und legte Denzel eine Hand auf die Schulter. Erleichtert atmete Denzel die aufgestaute Anspannung aus. »Du erkennst mich. So ein Glück«, sagte er. Jack drückte ihm tröstend die Schulter.

»Tut mir leid, Junge«, sagte er sanft. »Ich habe dich noch nie gesehen.«

Die Welt drehte sich. Die Matte unter Denzels Füßen schien sich in Treibsand zu verwandeln und ihn zu verschlingen. Sein Herz raste. Sein Magen verkrampfte sich. Er begann zu zittern, und heiße Tränen stiegen ihm in die Augen. »Nein. Nein, ich bin's. Das kannst du nicht vergessen haben. Das kann nicht sein!«

Jack beugte sich hinunter, die Hand immer noch auf Denzels Schulter. »Hey. Hey, es ist alles in Ordnung«, sagte er beschwichtigend. »Du brauchst keine Angst haben. Sollen wir deine Eltern anrufen?«

»Ihr *seid* meine Eltern!«, rief Denzel. Owen und Jack wechselten einen überraschten Blick, und Denzel erkannte seine Chance. Er schubste Jack beiseite und rannte zur Treppe. Halb auf Händen und Knien hastete er hinauf. Sein Puls raste, und sein Rücken war schweißnass.

Er hörte bereits Schritte hinter sich, als er oben ankam, aber die Tür seines Zimmers befand sich nun direkt vor ihm. Er riss sie auf, sprang hinein – und blieb stehen.

Er sank zu Boden, seine Knie prallten auf die nackten Holzdielen. Er hörte Jacks Stimme, die nun strenger klang, aber sein Herzschlag hämmerte so laut in seinen Ohren, dass er nicht verstand, was er sagte.

Denzels Zimmer war leer. Das Bett war weg. Die Wände waren kahl. Nicht einmal die Löcher, wo er seine Poster an die Wand gepinnt hatte, waren zu sehen – geschweige denn die Poster selbst.

»Mein Zimmer«, sagte Denzel, und die Worte hallten merkwürdig in dem leeren Raum. »Sie haben mein Zimmer ausgeräumt.«

Jack redete immer noch, aber die Stimme, die nun zu Denzel durchdrang, war Owens. »Ich rufe die Polizei.«

Denzel stand auf und drehte sich um. »Was? Nein, Owen. Nein. Bitte nicht. Warum ist das Zimmer leer? Wofür habt ihr ein komplett leeres Zimmer im Haus, wenn nicht für mich?«

Owen öffnete den Mund, um zu antworten, aber dann runzelte er nur die Stirn. Er betrachtete die leeren Wände. »Weil ... Weil ... Wir sind einfach noch nicht dazu gekommen, es einzurichten«, sagte er schließlich.

»Pass auf, Junge, du bekommst keinen Ärger«, sagte Jack. »Du bist durcheinander. Wir sollten deine Eltern ausfindig machen.«

Denzel sah die beiden lange an. Er kannte ihre Gesichter besser als sein eigenes, aber er verspürte das Bedürfnis, sich jede Falte, jedes Detail einzuprägen. Mit einem Ärmel wischte er sich die Tränen ab. »Die … Die …«, sagte er und seine Stimme brach. »Die sind nicht mehr da.«

Er ballte die Hände zu Fäusten und knirschte mit den Zähnen. »Aber ich schwöre, ich hole sie zurück.«

*

Denzel rannte aus seinem Zimmer, seinem Haus, fort von seinen Vätern. Seine Augen wurden erneut blind vor Tränen, als er zurückblickte und sah, wie Jack die Haustür schloss. Er schaute so lange hinter sich, bis –

RUMMS! Denzel war gegen hartes Metall gelaufen, prallte davon ab und landete auf dem Po. Vor ihm stand ein weißer Transporter, aus dem hektisches Gemurmel drang.

Er sprang auf die Füße und hämmerte mit der Faust gegen die Schiebetür. »Boyle! Samara! Macht auf! Ich weiß, dass ihr da drin seid!«, rief er. Die Tür blieb verschlossen, also entfernte Denzel sich schnell ein paar Schritte von dem Transporter, legte die Hände wie einen Trichter vor den Mund und rief: »Geisterjäger! Kommt alle her und seht euch die geheimen Geisterjäger an! Hier in diesem Transporter verstecken sie sich!«

Die Tür ging auf. Eine Hand packte Denzel am Kragen und zerrte ihn herein. »Klappe«, schnauzte Boyle, als die Tür wieder zuglitt.

»Macht sie wieder normal«, sagte Denzel. »Macht sie wieder normal. Sofort.«

Boyle und Samara wechselten einen Blick. »Wen sollen wir wieder normal machen?«, fragte Samara.

»Meine Eltern. Meine Väter. Macht sie wieder normal!«

»Wie, ›normal‹? Was ist denn mit ihnen? Wovon redest du?«, blaffte Boyle.

»Sie haben mich vergessen«, sagte Denzel. »Ihr habt diese Sache gemacht, die ihr immer macht, und jetzt erinnern sie sich nicht mehr an mich!«

Samara schlug die Hand vor den Mund. Selbst Boyle blinzelte überrascht.

Denzel sah zwischen ihnen hin und her wie ein Zuschauer bei einem Tennismatch. »Ihr wart das gar nicht«, stellte er fest. »Ihr habt das nicht gemacht, oder?«

»Nein«, sagte Samara. »Nein. Es tut mir leid. Aber das waren wir nicht. Wahrscheinlich war es Direktor Quinn.«

»Das reicht, Samara«, sagte Boyle.

»Sie muss jemanden beauftragt haben, vielleicht Knightley oder Rasmus, um –«

»Ich habe gesagt, es reicht!«, sagte Boyle scharf.

»Völlig egal, wer es getan hat«, sagte Denzel. Er wandte sich an Samara, nahm ihre Hände in seine und drückte sie fest. »Du kannst alles wieder rückgängig machen, oder? Du kannst dafür sorgen, dass sie sich wieder erinnern?«

Samara räusperte sich. »Tut mir leid, Denzel«, sagte sie. »Es gibt nichts, was ich in diesem Fall für dich tun könnte. Wenn ihre Erinnerung einmal gelöscht ist, gibt es keine Möglichkeit, sie wieder zu aktivieren.«

»Du meinst ... Sie haben mich wirklich vergessen?«, fragte Denzel.

»Ja«, antwortete Samara sanft. »Sie haben dich vergessen, Denzel. Für immer.«

Kapitel 14

Denzel rannte den Flur entlang, mit Samara und Boyle im Schlepptau. Als er die Türen zu Direktor Quinns Büro erreichte, hob er eine Faust, um dagegen zu hämmern, aber noch bevor er sie berühren konnte, schwangen sie nach innen auf.

»Ah, Denzel, du bist zurückgekommen«, sagte Quinn. Sie saß auf einem Ledersessel mit hoher Rückenlehne neben einem kleinen Tischchen. »Tee?«, fragte sie, während sie eine zarte chinesische Teetasse hochhob.

Denzel eilte in den Raum, und die Türen schlugen Boyle und Samara vor der Nase zu. »Sie haben ihre Erinnerungen gelöscht«, sagte er. »Sie haben mir meine Eltern genommen!«

»Das ist eine etwas dramatische Art, es auszudrücken«, sagte Quinn. Sie deutete auf den Sessel ihr gegenüber. »Bitte, setz dich. Lass uns darüber sprechen wie zwei Erwachsene.«

»*Darüber sprechen?* Da gibt es nichts zu besprechen«, sagte Denzel. »Sie haben dieses Zauberpuderzeug benutzt und mich aus ihren Köpfen gelöscht.« Er grub die Fingernägel in seine Handflächen. »Und Sie werden mich wieder in ihr Gedächtnis zurückbringen.«

Quinn führte die Teetasse an ihre Lippen und pustete vorsichtig. »Zunächst einmal: Ich habe kein ›Zauberpuderzeug‹ benutzt. Das wäre äußerst unpraktisch gewesen. Hätten wir das bei deinen Eltern verwendet, was wäre mit den Nachbarn? Den Leuten in der Schule? Sie würden sich immer noch an dich erinnern. Wir haben dieses Verfahren bereits bei anderen probiert, aber es ist jedes Mal ein organisatorischer Albtraum. Du kannst dir nicht vorstellen, wie viel Papierkram das mit sich bringt.«

Sie nahm einen Schluck Tee und stellte die Tasse wieder auf der Untertasse ab. »Glücklicherweise habe ich vor einigen Jahren eine wesentlich einfachere Methode entwickelt. Stell dir dein Leben wie einen Faden vor, Denzel. Ein glänzender Goldfaden, der in die Welt gewoben ist, mit Knoten in den Köpfen all der Menschen, denen du jemals begegnet bist. Er verläuft kreuz und quer, nach links, nach rechts, rauf, runter, springt von Stadt zu Stadt, von Land zu Land und verbreitet das Wissen um deine Existenz über die Erde. Ein schillerndes Netz mit dir in der Mitte.«

Sie nahm einen Zuckerwürfel aus der Schale, warf ihn sich in den Mund und zerkaute ihn. »All diese Anknüpfungspunkte zu entfernen wäre unmöglich«, sagte sie. »Aber wenn man an dem Faden zieht …« – sie ahmte genau diese Bewegung nach –, »… dann löst sich das gesamte Netz auf.«

Denzel wippte auf den Füßen. »Was meinen Sie? Was haben Sie getan?«

»Nicht nur deine Eltern haben dich vergessen, Denzel. Alle anderen auch. Zumindest alle, die nicht S.P.U.K. angehören. Dein Leben war eine Naht in der Zeit. Ich habe die Naht aufgetrennt. Es ist, als hättest du nie existiert. Deine Eltern erinnern sich nicht an dich, Denzel, weil es im Grunde nichts gibt, woran sie sich erinnern könnten.«

»Aber Schmitti … Er hat sich an mich erinnert.«

Quinn hob eine Augenbraue und schüttelte den Kopf. »Nun nicht mehr.«

»Nein!«, rief Denzel. »Nein, das ist nicht wahr. Sie lügen.«

Quinn hob eine Hand, ihre Finger weit aufgefächert, und atmete geräuschvoll ein. Eine unsichtbare Kraft packte Denzel an seinem Pullover, zog ihn mit einem Ruck nach vorne und schleifte ihn über den Boden. Dann wurde er so heftig auf den Stuhl gezwungen, dass er nach Luft rang.

Die Direktorin beugte sich vor und starrte Denzel in die Augen. Er spürte einen dumpfen Schmerz hinter den Augäpfeln, und als Quinns Blick noch durchdringender wurde, kroch der Schmerz bis hinauf in sein Gehirn.

»Also, Denzel, wie ich gestern gesagt habe, glaube ich, dass du eine nützliche Ergänzung für uns wärst«, schnurrte sie, und Denzel merkte, wie seine Arme und Beine so schwer wurden, als würde er sie nie mehr bewegen können. »Was hältst du davon, wenn wir ein wenig über deine Zukunft plaudern?«

*

Denzel lag wieder auf dem Rücken in seinem unbequemen Bett, starrte an die Decke und dachte an die Welt über sich. Eine Welt, die vollkommen vergessen hatte, dass er je ein Teil von ihr gewesen war.

Natürlich war es am besten so. Quinn hatte es ihm erklärt, und er hatte eingesehen, dass die Arbeit von S.P.U.K. wichtig war und er darin eine wichtige Rolle spielen würde. Das Leben vieler Menschen hing davon ab. Die Sicherheit der ganzen Welt beruhte darauf.

Aber …

Denzel dachte, dass er vielleicht, ganz vielleicht, seine Väter vermisste. Quinn hatte ihm gesagt, er solle damit aufhören, und zumindest eine Zeit lang hatte sein Gehirn gehorcht. Natürlich erinnerte er sich, aber Quinn hatte gemeint, er solle sie nicht vermissen, und rasch hatten die Sehnsucht und das Verlustgefühl nachgelassen – genau wie die Kälte der Nacht morgens der Sonne wich.

Nun allerdings, in seinem Zimmer im Halbdunkel, spürte er, wie sich diese Gefühle wieder regten. Eben noch hatte alles, was die Direktorin gesagt hatte, Sinn ergeben. Nun war er allein, und ihre Worte klangen ganz anders, und er begriff nicht so recht, weshalb er gerade noch so von ihrer Richtigkeit überzeugt gewesen war.

Trotzdem, es war besser so.

In seinem Kopf drehte sich alles, und er atmete flach. Quinn hatte irgendetwas mit ihm angestellt, da war er sich sicher. Vorhin hatte es ihm nichts ausgemacht. Im Gegenteil, es war ihm ganz recht gewesen, dass sie den Schmerz und die Traurigkeit weggezaubert hatte. Aber jetzt …

Jetzt …

Was auch immer er da spürte, es war nicht angenehm. Er schloss die Augen und hoffte, es würde so schnell verschwinden, wie es gekommen war. Er versuchte, seinen Atem zu beruhigen. Quinns Stimme rollte wie eine Murmel durch seinen Kopf: Er solle sich keine Sorgen machen, keine Angst haben, sich nicht aufregen.

»Ja«, sagte er. »So ist es das Beste.«

»*Denzel!*«

»Wa–«

Denzel öffnete ein Auge und schaute sich damit um, versuchte zu verstehen, wo er war und was passierte. Samara stand auf der Türschwelle und betrachtete ihn. Er sah verschwommen, und an seinen Lippen hing ein Spuckefaden.

»Habe ich dich geweckt?«, flüsterte Samara.

Denzel zwang auch das andere Auge auf und streckte sich. »Was? Nein, nein. Ich war wach«, sagte er. Er gähnte. »Wie spät ist es?«

»Kurz nach drei Uhr morgens«, sagte Samara.

»Nachts?«

»So kann man es auch sagen, ja«, antwortete Samara. Sie biss sich auf die Lippe und kam auf ihn zu. »Alles in Ordnung mit dir?«

Denzel schwang die Beine aus dem Bett und gähnte wieder. »Ja. Warum?«

»Nicht traurig wegen deiner Eltern oder so?«, hakte Samara nach.

Denzel schüttelte langsam den Kopf und runzelte die Stirn. »Äh ... Nein. Nicht ...« Er räusperte sich. »Nein. Alles okay. Es ist ... am besten so.«

Samara warf einen Blick zurück zur Tür und kniete sich vor Denzel. »Das sind Quinns Worte, nicht deine. Sie hat etwas in dir verändert, damit du nicht mehr wütend auf sie bist und bei uns mitmachst. Sie hat in deinen Gedanken herumgepfuscht.« Sie sah ihm tief in die Augen. »Vertraust du mir, Denzel?«

Nach kurzem Zögern nickte Denzel. »Ja, ich denke schon.«

»Gut«, sagte Samara. »Ich glaube, Quinn hat irgendetwas vor. Ich hatte schon eine Weile so einen Verdacht, und was sie dir und deinen Vätern angetan hat, beunruhigt mich noch mehr.«

Wieder sah sie zur Tür, als befürchte sie, jemand könne dort lauschen. »Du hast erwähnt, sie hätte irgendeinen Plan. Weißt du, was sie genau meinte?«

»Nein«, sagte Denzel. »Nur ... Nur, dass sie die Geister verschwinden lassen will. Ein für alle Mal.«

»Aber das ist unmöglich«, flüsterte Samara. »Wie sollte sie das anstellen?«

»Da ist noch was«, sagte Denzel. »Ich habe es niemandem erzählt, weil ich nicht wusste, was ich damit anfangen sollte.«

»Was denn?«, fragte Samara.

»Der Poltergeist ... Er hat etwas zu mir gesagt.«

Samara riss die Augen auf. »Er hat etwas zu dir gesagt?«

»Ja, gewissermaßen«, sagte Denzel. »Er hat eine Botschaft geschrieben. Mit seinen Armen oder Beinen oder was auch immer.«

»Und wie lautete die?«

»›Hilf uns‹«, sagte Denzel.

Überrascht blinzelte Samara. »*Hilf uns?*«, wiederholte sie. »Wem? Den Geistern?«

»Ich weiß es nicht«, sagte Denzel. »Ich dachte, du hättest vielleicht eine Idee.«

»Nein, keinen Schimmer«, gab Samara zu.

Einen Moment lang sah Denzel hinauf zur Decke, um seine Nerven zu beruhigen. Dann richtete er den Blick wieder auf Samara: »Dann sollten wir es vielleicht herausfinden?«

*

Denzel warf noch einen nervösen Blick in den Flur, als Samara die Tür zu einem Raum schloss, der als *Geisterzellen 1–4* gekennzeichnet war. Dann sah er zu der Überwachungskamera unter der Decke.

»Bist du sicher, dass niemand uns sieht?«, flüsterte er.

»Ganz sicher«, sagte Samara. Sie zeigte ihm ihr Handgelenk mit einem Gerät, ähnlich einer Armbanduhr, an dem ein rotes Licht blinkte. »Signalstörer. Ich habe ihn Boyle heute geklaut und so programmiert, dass er Aufnahmen verhindert. Man sieht jetzt nur einen leeren Raum.«

»Ich dachte, der Technikkram wäre Boyles Sache«, sagte Denzel.

Samara zuckte mit den Schultern. »Ich probiere gerne was Neues aus.«

Der Raum war einige Meter lang. An den Wänden aufgereiht standen unzählige Metallkisten. Samara fuhr mit den Fingerspitzen über ein paar von ihnen, und bei jeder Berührung tanzten Funken in der Luft.

»Und es hat *definitiv* ›Hilf uns‹ gesagt?«, fragte sie.

Denzel nickte. »Mit seinen Tentakelarmen. Ich dachte, es würde mich angreifen, hat es aber nicht. Es hat um Hilfe gebeten.«

»Falls das stimmt, dann ist das vielleicht der Grund, weshalb es überhaupt zu dir gekommen ist«, sagte Samara. »Vielleicht konntest du es deshalb sehen. Wenn ich so darüber nachdenke, hat dich das Freiformphantom – das Abfallmonster – ja eigentlich auch nicht angegriffen. Normalerweise würde dich so etwas zerfleischen oder dir den Kopf abreißen oder –«

»Okay, okay! Ich habe kapiert, worauf du hinauswillst«, sagte Denzel.

Samara kaute auf ihrer Lippe. »Was, wenn sie beide zu dir gekommen sind, damit du ihnen hilfst?«

»Aber warum ich?«, fragte Denzel. »Was kann ich für sie tun?«

Samara blieb neben einer Kiste stehen und richtete ihre Aufmerksamkeit dann auf die davor. »Das ist sie«, sagte sie. Sie warf Denzel einen besorgten Blick zu. »Aber ich bin mir nicht sicher, ob das eine gute Idee ist.«

Denzel lächelte. »Vertraust du mir, Samara?«

Samara zögerte einen Moment. Dann nickte sie: »Ich glaube schon, ja.«

Denzel wand sich. »Nur, damit du es weißt: Eigentlich hatte ich gehofft, du würdest ›Nein‹ sagen und ich könnte wieder ins Bett gehen und die ganze Sache vergessen.« Er atmete tief durch. »Aber lass es uns durchziehen. Ich meine, was wäre das Schlimmste, was passieren könnte?«

Samara machte den Mund auf, aber Denzel sagte schnell: »Ich will es gar nicht wissen.«

»Okay«, sagte Samara. »Los geht's.«

Sie drückte eine Hand gegen die Vorderseite der Kiste und murmelte etwas. Ein lautes Zischen ertönte, wie wenn Dampf entweicht, und die Kiste glitt ruhig vorwärts, bis sie mehrere Zentimeter aus der Wand herausragte.

Sie öffneten die Kiste und schauten hinein. Darin lag ein roter Edelstein, eingewickelt in dünne Weidenzweige. Samara löste sie und trat zurück an Denzels Seite. »Passiert was?«, flüsterte sie.

»Nein«, begann Denzel, aber dann sah er es: Ein winziger Kringel schwarzen Rauchs schlängelte sich aus der Kiste wie der Tentakel eines Baby-Oktopusses. »Warte. Ja! Ich sehe ihn. Er kommt raus«, sagte Denzel.

Vorsichtig näherte er sich der Kiste. »Hey, alles in Ordnung. Keine Sorge. Wir tun dir nichts«, sagte er sanft und sprang dann schreiend zurück, als der Rauch aus der Kiste explodierte.

Er flog nach oben und klammerte sich wie ein aufgescheuchter Krake mit langen Tentakeln an die Decke. Samara legte Denzel eine Hand über den Mund und folgte seinem Blick. »Wo ist er? Da oben?«

Denzel nickte. Der Poltergeist pulsierte und krümmte sich, als würde er sich für einen Angriff bereitmachen. Denzel zog Samaras Hand weg und schluckte nervös. »Ganz ruhig«, sagte er und hob die Hand, um die Geistergestalt zu beschwichtigen. »Du hast gesagt, du bräuchtest Hilfe. Deshalb sind wir hier.«

Der Geist rutschte an der Decke von einer Seite zur anderen, als würde er im Wind hin und her geweht. Das Pulsieren ließ ein wenig nach. »Aber ich kann dir nicht helfen, solange ich nicht weiß, wobei«, fuhr Denzel fort. Er lächelte hoffnungsvoll. »Also ... Sollen wir uns vielleicht ein bisschen unterhalten?«

Der Poltergeist stürzte nach vorn. Die Enden all seiner Tentakel bildeten eine Spitze, die – zu Denzels Entsetzen – mitten auf seiner Stirn endete. Er spürte, wie etwas eiskalt durch ihn hindurchlief, als würde sich das Blut in seinen Venen in Flüssigstickstoff verwandeln. Er öffnete den Mund, um erneut zu schreien, aber heraus kam nur weiße, frostige Luft und ein gedämpftes »Au«.

Bilder flackerten durch Denzels Kopf, wie wenn jemand durch die Seiten eines Daumenkinos blättert. Er sah Gesichter und Orte, die er nicht kannte, hörte Stimmen, die ihn in Sprachen anschrien, die er nicht verstand. Augen, Zähne, Türen, Räume – sein Gehirn wurde taub, als Tausende von Bildern, Geräuschen und Empfindungen seine Sinne auf einmal überfluteten.

Und dann hörte es auf. Alles stoppte.

Er sah hinunter in einen leeren, weißen Raum. Zuerst glaubte er, er wäre allein, aber dann spürte er sie neben sich, spürte ihre Unterstützung, und Erleichterung breitete sich in seinem Körper aus, von den Zehen bis zum Kopf.

»Sieh hin«, flüsterten seine Väter, die jeweils eine Hand nahmen und drückten. »Das ist wichtig.«

Während sie sprachen, wurde das Weiß dünner, wie Nebel, und gab den Blick frei auf Gestalten, die sich darin befanden. Er sah sich selbst einen schwach beleuchteten Flur entlanghasten. Dabei hielt er sich den Bauch, und sein Gang zeigte ihm, dass er dringend pinkeln musste.

»Daran erinnere ich mich nicht«, sagte er.

Der Traum-Denzel – denn es fühlte sich an wie ein Traum – wirkte erleichtert, als er eine Toilette fand und hineinstolperte. Ein Blitz deutete auf einen Zeitsprung hin, und ein deutlich weniger gestresster Denzel trat wieder auf den Flur hinaus.

Beide Denzels hielten die Luft an, als Knightley und Rasmus auftauchten. Die beiden liefen den Flur entlang, zwischen sich jemand Drittes. Erst als sie näher kamen, erkannte Denzel die alte Frau aus dem Supermarkt. Ihr Kopf war wieder normal, und sie streckte verzweifelt die Hand nach Denzel aus.

»Hilf mir! Wenn du wüsstest, was sie vorhat. Wenn du wüsstest!«

Der Traum-Denzel fragte Knightley und Rasmus, wovon sie redeten, aber Rasmus öffnete eine Tüte und pustete. Staub flog in Denzels Nasenlöcher und füllte seinen Kopf mit Licht.

Denzels Körper zuckte heftig. Eine Hand griff nach seinem Arm – dem *realen*. Er hörte, dass Samara nach ihm rief, und das Licht wurde schwächer. »N-nein«, stammelte er. »Noch nicht.«

Weitere Bilder blitzten vor seinen Augen auf, nun noch schneller. Er sah zertrümmerte Edelsteine, Hunderte von ihnen. Er sah, wie Quinn eine Kiste öffnete. Es war die, die er im Waffenlager hochgehoben hatte, dachte er. Die, von der Boyle sagte, sie sei gestohlen worden.

Denzel sah Quinn mit erhobenen Armen dastehen, während ihr Körper in ein unheimliches elektrisches Leuchten gehüllt war.

Er sah einen Riss in der Welt, hell und voller schwindelerregender Farben. Er sah, wie sich die Realität umkehrte. Er sah Chaos, Tod und Zerstörung.

Und dann nur noch Finsternis.

Im Dunkeln griff Denzel nach den Händen seiner Väter, aber sie waren nicht mehr da. Sie waren fort. Man hatte sie ihm weggenommen.

Der Schmerz, den Denzel seit der Auseinandersetzung mit Quinn hinter den Augen gespürt hatte, wurde schwächer und verschwand schließlich ganz. Denzel blinzelte und befand sich wieder in einem Raum mit Samara und dem leicht pulsierenden Poltergeist an der Decke.

Er stolperte zur Seite, und Samara fing ihn auf. »Geht es dir gut?«, fragte sie. »Was ist passiert?«

Denzel atmete mehrmals tief durch, um sich zu beruhigen und zu verhindern, dass er sich über Samaras ordentlich gebügelten Umhang erbrach. »Unwichtig«, stieß er hervor. »Wir müssen uns Sorgen machen wegen dem, was passieren *wird*.«

Kapitel 15

Den Poltergeist zu überzeugen, zurück in die Kiste zu gehen, war nicht leicht, aber nach zwanzig Minuten Betteln, Überredung und Versprechungen quetschte er sich widerwillig hinein.

In den nächsten anderthalb Stunden saßen Denzel und Samara auf Denzels Bett, und Denzel gab sich große Mühe, alles, was er gesehen und gehört hatte, zu erklären. Die Tatsache, dass er nicht so recht wusste, *was* er gesehen und gehört hatte, machte das ziemlich kompliziert.

Dem zufolge, was er noch zusammenbekam, war er in der Nacht nach dem Einsatz im Supermarkt auf die Toilette gegangen und hatte Knightley und Rasmus mit der alten Frau gesehen. Nachdem sie ihn um Hilfe gebeten hatte, hatte Rasmus seine Erinnerung gelöscht.

Darüber hinaus … war er sich nicht ganz sicher. Er wusste nicht, was die Sache mit Quinn und dem großen Loch in der Welt ihm sagen sollte.

Was er allerdings wusste: Er war wütend. Quinn hatte dafür gesorgt, dass seine Eltern sich nicht mehr an ihn erinnerten, und dann irgendetwas mit seinem Kopf gemacht, sodass es ihm egal war. Was auch immer sie getan hatte, die Wirkung war aufgehoben worden, als der Poltergeist seine Tentakel mit Denzels Gehirn verbunden hatte, und nun juckte es Denzel, der Direktorin entgegenzutreten.

»Also ...«, sagte Samara gedehnt. »Sie hat vor, ein Loch in die Welt zu machen?«

»Genau«, antwortete Denzel. »Glaube ich zumindest. Sah so aus.«

Samara zuckte die Achseln. »Das tun wir oft. Ich habe es zum Beispiel im Supermarkt gemacht, weißt du noch? Es dient als Abkürzung. Der Raum faltet sich gewissermaßen zusammen, sodass man von einem Ort an einen anderen springen kann.«

Denzel schüttelte den Kopf. »Nein, das hier war anders. Es war ... bunt. Innen. Und darin haben sich Formen bewegt. Sie sind da so herumgewirbelt.«

Samara hob die Augenbrauen. »Das klingt nach dem Geisterreich. Warum sollte sie das öffnen? Das ist ... Ich meine, das ist unfassbar gefährlich. So viele Regeln verbieten es – sie würde es nicht einmal versuchen.«

»Na ja, offensichtlich doch«, sagte Denzel.

»Vorausgesetzt, wir können einem Poltergeist vertrauen, der dir diese Vorstellung in den Kopf gepflanzt hat.«

»He, wenn wir einem *Poltergeist* nicht vertrauen können ... wem dann?«, fragte Denzel.

Samara lächelte. »Ja, aber es wäre trotzdem gut, ganz sicher zu sein. Wir können schlecht zu ihr gehen und sie mit den Worten konfrontieren: ›Ein Poltergeist hat uns gesagt, dass Sie etwas aushecken.‹ Wir brauchen Beweise.«

»Du hast gesagt, du hättest bereits einen Verdacht gehabt«, erinnerte Denzel sie.

»Ja, aber auch nicht mehr. Einen Verdacht. Keinen Beweis.«

Denzel überlegte einen Moment. »Vielleicht könnte Boyle uns helfen.«

»Nein«, sagte Samara. »Nein. Boyle ist ein netter Kerl, aber er liebt Regeln und Vorschriften über alles. Wenn er herausfindet, dass wir herumgeschnüffelt haben ... Nein. Keine gute Idee.«

Sie blickte auf das Gerät an ihrem Handgelenk und stand auf. »Apropos Boyle. Ich bringe das hier am besten zurück in seinen Spind, bevor er es vermisst.« Mit der Hand am Türgriff hielt Samara inne. »Kommst du erst einmal zurecht? Gehe damit nicht zu Quinn. Noch nicht.«

Denzel nickte. »Keine Sorge.«

»Alles klar.« Samara lächelte. »Alles wird gut«, sagte sie, öffnete die Tür und schnappte nach Luft.

Draußen stand Boyle, als hätte er nur darauf gewartet, dass die Tür aufging. Samara musterte ihn, und ihr Blick blieb kurz an dem Gewehr hängen, das er mit beiden Händen hielt.

»Äh, hallo, Partner«, sagte sie. »Ich habe nur nach unserem neuen Mitglied gesehen.«

Denzel stand auf und trat hinter Samara. »Boyle. Hi. Wie geht's? Bock auf ein bisschen Training?«

Boyle kniff die Augen zusammen. »Direktor Quinn will euch beide sprechen«, sagte er.

Samara und Denzel sahen sich an. »Uns?«, fragte Samara. »Warum –«

»Sofort«, unterbrach Boyle sie. Er drehte sich halb um und zeigte mit dem Kinn den Flur hinunter Richtung Quinns Büro. Er hielt Samara eine Hand hin, Handfläche nach oben. »Und ich hätte gerne meinen Störer zurück.«

*

Quinn saß an ihrem Tisch und schrieb etwas, als Boyle mit Denzel und Samara hereinmarschierte. Sie sah erst auf, als die Tür mit einem leisen – in dem stillen

Büro ohrenbetäubend klingenden – *Klick* ins Schloss fiel.

Eine Weile schwieg die Direktorin und sah bloß langsam zwischen Samara und Denzel hin und her, als würde sie überlegen, wen sie als Erstes anschreien sollte.

Schließlich ließ sie den Blick auf Samara ruhen. »Nun«, sagte Quinn. »Ich bin sehr enttäuscht.«

»Ich weiß, ich weiß«, sagte Samara. »Wir hätten mittlerweile schon mehr Zaubertraining machen sollen. Es ist meine Schuld, ich war –«

Quinn zuckte. »Stop«, sagte sie in einem eiskalten Ton. Denzel hätte schwören können, dass die Raumtemperatur augenblicklich um ein Grad fiel. »Du hast Boyles Störer gestohlen. Du bist in eine der Geisterzellen gegangen. Warum?«

Samara versuchte zu lächeln, aber es war nicht sehr überzeugend. »Nur ein bisschen zusätzliches Training«, sagte sie. »Sonst nichts.«

»Sag die Wahrheit, Samara«, schnauzte Boyle. »Du machst es nur noch schlimmer.«

»Sie war es nicht, ich war's«, sagte Denzel. »Es war meine Idee.«

Der Blick der Direktorin wanderte über ihn. »Ach ja?«

»Wir wissen, was Sie vorhaben«, fuhr Denzel fort. »Wir kennen Ihren Plan. Wir wissen alles.«

»Tut ihr das?«, fragte Quinn und hob eine Augenbraue. »Dann erzähl mal.«

Denzel atmete laut ein. »Was?«

»Ihr wisst, was ich vorhabe.« Quinn stützte die Ellbogen auf den Schreibtisch und lehnte sich vor. »Klär mich auf.«

Denzel räusperte sich. »Na ja … Sie haben dieses Ding aus der Waffenkammer geholt. Dieses Spalterteil.«

»Den Energie-Spalter. Ja. Und?«, fragte Quinn. »Ich tausche regelmäßig Ausrüstung aus. Das ist kein Geheimnis.«

Als Quinn die Überraschung in Denzels Gesicht sah, lachte sie. Es war ein raues Kratzen in der Tiefe ihrer Kehle, das bei Denzel Zahnschmerzen verursachte.

»Die alte Frau. Die physische Materialisierung. Sie haben gesagt, sie sei entkommen, aber das ist sie gar nicht. Knightley und Rasmus hatten sie gestern Nacht bei sich.«

Quinns Lachen erstarb. Ihr Blick schoss kurz zu Boyle und Samara, dann wanderte er wieder zu Denzel. »Ich fürchte, da irrst du dich, Denzel.«

»Nein! Tue ich nicht«, sagte Denzel. »Sie ist hier! Sie hat mich um Hilfe gebeten, genau wie der Poltergeist. Sie haben Angst. Vor Ihnen. Vor Ihrem Plan!«

Quinn legte die Finger aneinander. »Und was, bitte, ist mein Plan?«

An diesem Punkt verlor Denzel seinen Schwung. »Ich weiß es nicht«, gab er zu.

»Ha. Dachte ich's mir doch«, sagte Quinn. »Das liegt daran, dass es gar keinen Plan –«

»Aber ich weiß, dass Sie irgendwie vorhaben, die Geisterwelt zu öffnen!«, sagte Denzel.

»Das Geisterreich«, korrigierte ihn Samara.

»Sorry. Das Geisterreich.«

»Das ist doch Blödsinn«, knurrte Boyle.

Quinns nicht ganz echtes Lächeln verschwand komplett. »Mit wem hast du gesprochen?«, fragte sie, doch dann winkte sie ab. »Egal.«

Sie trommelte einige Sekunden mit dem Zeigefinger auf der Tischplatte herum und musterte Denzel. »Weißt du, wie viele Geister es auf der Welt gibt, Denzel?«

Denzel schüttelte den Kopf. »Nein.«

Quinn nickte langsam und meinte dann an die anderen gewandt: »Samara? Boyle? Wollt ihr es ihm sagen?«

»Äh, das wissen wir nicht«, sagte Samara. »Niemand weiß das.«

»Man kann es gar nicht wissen«, ergänzte Boyle.

»Exakt!«, sagte Quinn. »Wir wissen es nicht. Wir wussten es nie. Und dennoch gehen wir Tag für Tag raus, fangen sie, verstauen sie, fangen sie, verstauen sie. Immer und immer wieder dasselbe, als würden wir uns in einer Zeitschleife befinden. Weißt du, wie viele Leben diesem unendlichen Kampf zum Opfer gefallen sind?«, fragte sie. Sie zeigte zur Decke. »Nicht nur die Leben derjenigen dort oben, auch unsere. *Hier* unten. Mein Leben. Euers. Die Leben Tausender Kinder, die niemals eine normale Kindheit hatten.«

Sie atmete so tief durch die Nase ein, dass Denzel den Eindruck hatte, sie würde die ganze Luft aus dem Raum saugen.

»Und wofür? Was haben wir erreicht? Immer noch lauern Gestalten im Dunkeln und Monster unter den Betten. Zehntausend verlorene Kindheiten – für nichts.«

»Wir haben Menschen beschützt«, sagte Samara.

»Und wozu? Wer dankt es uns?«, fragte Quinn. »Und hast du dir die *Menschen* einmal angeschaut?« Sie spuckte das Wort förmlich aus. »Die meisten verdienen es gar nicht, beschützt zu werden.«

»Was haben Sie vor?«, fragte Samara.

»Ich werde uns befreien. Uns alle«, antwortete Quinn. »Und du, Denzel, wirst mir helfen.«

»Ich? Wie denn?«

»Du wirst mir sagen, ob wir sie alle erwischt haben«, erklärte Quinn.

»Wen?«, fragte Denzel.

»Alle Geister. Du wirst sicherstellen, dass keiner mehr übrig ist, nachdem ich das Geisterreich geöffnet habe und alle hineingesogen wurden.«

Samara schnappte Luft. »Was? Das können Sie nicht machen!«

»Ich kann und ich werde«, sagte Quinn. »Es ist mir gelungen, den Energie-Spalter neu einzustellen, um einen Durchgang zu öffnen. All die Geister auf dieser Seite werden dorthin geschickt, wohin sie gehören, ob sie wollen oder nicht. Kein Spuk mehr. Keine Unregelmäßigkeiten. Keine *Geister*.«

Denzel merkte, wie Samara neben ihm erstarrte. »Aber ... Wir dürfen das Geisterreich nicht einfach so manipulieren. Das ist viel zu gefährlich. Es widerspricht unseren Grundsätzen.«

»Bei allem Respekt, Direktor Quinn, das ist gegen die Regeln«, sagte auch Boyle.

»Bei allem Respekt, Boyle«, höhnte Quinn. »Wenn ich deine Meinung wissen will, dann frage ich danach. Ich bin die Direktorin. Ich lege die Regeln fest.«

»Sie sind nur die Direktorin dieses Standorts«, sagte Samara. »Die Ältesten würden das nicht gutheißen. Ich möchte mit ihnen sprechen.«

»Ach ja? Möchtest du das?« Quinn seufzte. Sie stieß ihre Hände in Samaras Richtung. Samara öffnete den Mund, um etwas zu sagen, aber alles, was herauskam, war ein schwaches Krächzen. »Viel Vergnügen bei deinem Gespräch«, sagte Quinn zu ihr.

»Das können Sie doch nicht wirklich wollen. Ich habe gesehen, was dann passiert«, sagte Denzel. »Sie werden die ganze Welt zerstören!«

»Unsinn. Ich werde sie *retten«,* sagte Quinn.

»Nein! Ich habe es gesehen!«, beharrte Denzel. »Was ist mit der alten Frau mit dem Oktopuskopf? Und mit den kaputten Edelsteinen? Wofür sind die gut?«

Wieder wirkte Quinn ein wenig verblüfft. Sie lächelte schmallippig. »Du steckst voller Überraschungen, junger Mann. Die Edelsteine dienen als ... sagen wir, Batterie für den Spalter. Ohne sie erreicht die Maschine nicht die notwendige Frequenz, um den Durchgang zu öffnen. Und was die physische Materialisierung angeht ... Ich habe sie seziert. Das Wissen, das ich dadurch erlangt habe, ist von unschätzbarem Wert.«

»Deswegen haben sie Angst«, begriff Denzel. »Sie fügen ihnen Schmerzen zu.«

»Unsinn«, sagte Quinn. »Sie leben nicht. Sie spüren nichts.«

»Doch!« Denzel ließ sich nicht beirren. »Und sie haben schreckliche Angst vor Ihrer Maschine. Sie tut ihnen weh. Oder ... sie haben Angst, dass sie ihnen wehtun könnte ... oder so.«

»Jetzt reicht es aber mit diesem Blödsinn«, sagte Quinn. »Sie kann ihnen nicht *wehtun* oder *Angst* machen. Sie *spüren nichts*. Boyle, schaffe sie mir aus den Augen. Sperre sie weg. Ich kümmere mich später um sie.«

Boyle packte sein Gewehr fester und schwang den Lauf in Denzels Richtung. Doch dann zögerte er. Samara sah ihn bittend an. Sie versuchte zu sprechen, aber heraus kam noch nicht einmal ein Flüstern.

»Was, wenn er recht hat?«, fragte Boyle. »Was, wenn sie tatsächlich etwas spüren?«

»Tun sie nicht«, sagte Quinn.

»Aber wenn?«

Quinn lief rot an. *»Und wenn schon?«*, brüllte sie, und mehrere Bücher fielen aus den Regalen. »Hm? Wen interessiert das? Es sind Kreaturen. Dinge. Nein, weniger als das – sie sind *nichts*.«

Ein Wind wehte um die Direktorin herum wie ein Mini-Tornado. Sie bog ihre Finger zu Krallen, und Energie knisterte zwischen ihnen. »So, jetzt sei ein braver kleiner Soldat und tu, was ich dir gesagt habe: Schaffe sie mir aus den Augen!«, zischte sie.

Boyle sah gequält aus, als er die Waffe auf seine Partnerin richtete. »Tut mir leid, Samara«, flüsterte er.

»Nicht, Boyle«, flehte Samara fast unhörbar.

»Ich fürchte, ich muss dich bitten, dies eine Mal *den Kopf einzuziehen!*«

Samara blinzelte. Dann wurden ihre Augen groß. Genau in dem Augenblick, in dem Boyle den Abzug betätigte, ließ sie sich fallen. Denzel spürte einen Windhauch neben sich. Er hörte Quinn überrascht aufschreien und drehte sich gerade rechtzeitig um, um zu sehen, wie sie rückwärts über den Boden glitt. Sie beugte sich vor, ein Arm von sich gestreckt wie ein Rugbyspieler beim Sprint in die Innenzone. Den anderen Arm hielt sie hinter sich, und ein blauer Feuerball bildete sich in ihrer Hand.

Samara hustete, als sie ihre Stimme wiederfand. »Achtung«, warnte sie und wischte ihre Hände genau in dem Augenblick vor sich hin und her, als Quinn den Feuerball losschickte. Eine Fläche in der Luft schimmerte und wurde dann fest. Der Feuerball krachte dagegen und explodierte, und der Schutzschild wurde rasch von den blauen Flammen vernichtet.

Boyle verstellte einen Hebel an der Seite seines Gewehrs und zielte erneut. Er drückte ab, und ein langer, dünner Strahl weißer Energie schoss aus dem Lauf wie Wasser aus einem Löschschlauch.

Quinn hob eine Hand und blockte den Strahl einen halben Meter vor sich. Das elektrische Glühen warf zitternde Schatten über ihr Gesicht, verbarg es in unheilvoller Dunkelheit. Sie betrachtete den Strahl beinahe amüsiert und erzeugte dann erneut einen Feuerball in der anderen Hand.

»Vorsicht!«, warnte Samara.

Denzel blickte zu Quinn. Dann zu Boyle. Er sprang vor, schnappte sich Boyles Waffe und riss sie hoch. Der Strahl der Waffe durchschnitt die Rückwand und einen Teil der Decke und traf dann den Kronleuchter direkt über Quinns Kopf. Es blitzte und Glas zerplatzte.

Die Direktorin sah genau in dem Augenblick hoch, als der Kronleuchter fiel. Sie hob die Hände … zu spät. Der Boden bebte, als der gewaltige, verschnörkelte Leuchter auf sie herunterkrachte.

Das Echo hallte durch das Büro und verlor sich, bis nur noch Denzels panischer Atem zu hören war. Boyle nickte ihm knapp zu. »Gute Idee.«

»Danke«, keuchte Denzel. »Und jetzt?«

Der Kronleuchter in der Mitte des Raums vibrierte und erhob sich. Samara packte Denzel am Arm. »Jetzt«, sagte sie, »rennen wir!«

Kapitel 16

Denzel stand an der Rückwand des Aufzugs, in den er abwechselnd von Samara und Boyle geschoben worden war. Samara kniete direkt hinter der Tür. Sie hatte die Hände erhoben, bereit, irgendwelche geheimnisvollen Zaubereien zu veranstalten, falls jemand auf der anderen Seite wartete. Boyle stand hinter ihr, den Gewehrkolben gegen die Schulter gedrückt, den Blick fest auf die Tür gerichtet, während der Aufzug nach oben raste.

»Warum sagen wir nicht einfach allen, was sie vorhat?«, fragte Denzel. »Ihr meintet doch, an der Geisterwelt oder wie das heißt herumzupfuschen wäre gegen die Regeln, oder?«

»Stimmt«, sagte Boyle. »Aber wir haben keine Beweise. Alle würden sich auf ihre Seite schlagen.«

»Und selbst wenn sie uns glauben würden – Quinn ist ein Level-zwölf-Oberon. Es ist nicht gesagt, dass wir sie aufhalten könnten«, fügte Samara hinzu. »Nicht einmal wir alle zusammen.«

»Also laufen wir einfach weg und lassen sie machen?«, fragte Denzel.

»Das ist ein taktischer Rückzug«, sagte Boyle. »Wir holen Verstärkung.«

»Wir können versuchen, Kontakt zu den Ältesten aufzunehmen«, sagte Samara.

»Verstehe. Na dann«, sagte Denzel. »Und wer ist das?«

»Die Gründer von S.P.U.K.«, erklärte Boyle.

Denzel runzelte die Stirn. »Habt ihr nicht gesagt, die Organisation wäre Hunderte von Jahren alt?«

»Ja«, sagte Samara. »So ist es.« Bevor sie weitersprechen konnte, blieb plötzlich der Aufzug mit einem Ruck stehen.

»Das ist bestimmt nicht gut«, murmelte Denzel, der Mühe hatte, das Gleichgewicht zu halten.

»Sie haben uns gefunden«, sagte Boyle. Er hämmerte mit dem Gewehr gegen den Metallrahmen um die einzigen beiden Knöpfe des Aufzugs herum. Sofort stürzte der Aufzug in die Tiefe.

»Ah!«, schrie Denzel und drückte sich an die Wand, als die Gravitationskräfte seine Wangen in Richtung seiner Augen schoben. »Warum hast du das gemacht?«

Boyle schwang erneut das Gewehr und schlug mit dem Kolben gegen die Metallabdeckung. Eine Ecke verbog sich, und er schob seine Finger darunter. »Ich war das nicht«, sagte er. »Versuche ja gerade, ihn zu reparieren.«

»Schnell!«, drängte Samara laut, um den Luftzug der rasanten Abfahrt zu übertönen.

»Kannst du nicht irgendwas zaubern?«, fragte Denzel.

»›*Irgendwas zaubern?*‹ Nein, kann ich nicht. Er ist gegen Zaubersprüche geschützt.«

»Aber unten hält er an, oder?«

»Definitiv«, antwortete Boyle. »Sehr plötzlich und mit extrem zerstörerischer Wirkung.«

Denzel schluckte. »Oh. Super.«

Boyle zerrte an der Metallplatte und riss sie ab. Dahinter befand sich ein Nest von Kabelspaghetti. Er schob die Hände hinein und begann damit, Stecker auseinanderzuziehen.

»Wir sind fast unten«, warnte Samara.

»Ich hab's ... gleich«, sagte Boyle, riss die Verkabelungen fieberhaft auseinander und steckte sie anders wieder zusammen. »Fertig!«, verkündete er.

Denzel und Samara schossen in die Höhe und schlugen gegen die Decke, als der Aufzug weiter nach unten sauste. Immer tiefer und tiefer stürzte er, nahm noch an Fahrt auf, raste auf den Boden des Schachts zu, irgendwo unter ihnen – aber nicht mehr weit entfernt.

Boyle hielt sich an einem Kabelknäuel fest, und seine Beine flatterten Richtung Decke. »M-Moment«, sagte er mit einer Grimasse. »Das rote, nicht das blaue Kabel.«

»Schnell!«, rief Samara.

Boyle verband zwei Kabel. Denzel und Samara donnerten auf den Boden des Aufzugs, als dieser kreischend zum Halten kam und sich dann wieder nach oben in Gang setzte.

»Das kann nicht gesund sein«, keuchte Denzel, als die zunehmende Schwerkraft ihn niederdrückte. »Ich fühle mich wie ein Pfannkuchen.«

»Wir könnten immer noch die andere Möglichkeit probieren«, sagte Boyle.

»Und die wäre?«, fragte Denzel.

»Mit Hochgeschwindigkeit am Schachtboden aufschlagen«, sagte Boyle.

Denzel biss die Zähne zusammen. »Dann lasst uns lieber bei dieser Variante bleiben.«

Gegen die Gravitationskräfte ankämpfend, griff Boyle wieder in das Kabelgewirr und probierte ein paar neue Verbindungen aus. Der Aufzug wurde zumindest so langsam, dass sie aufstehen konnten.

»Wenn wir anhalten, müssen wir schnell sein. Bleib auf jeden Fall dicht bei uns«, sagte Samara zu Denzel.

»Keine Sorge«, antwortete der. »Ihr seid die mit den Waffen und der Zauberkraft und so.«

»Ja, aber diejenigen, die hinter uns her sind, haben das auch«, gab Boyle zu bedenken. »Wir müssen schnell sein.«

Denzel sah sich um. »Und wenn wir den Aufzug fahrtuntüchtig machen, sodass sie uns nicht folgen können?«

»Glaubst du wirklich, wir hätten nur den einen?«, fragte Boyle mit finsterem Blick. »Milliardenschwere Technik da unten, und nur ein Weg rein und raus?«

Er legte das Gewehr an und zielte wieder auf die Tür. »Wahrscheinlich sind sie schon oben. Möglicherweise wird das der kürzeste Fluchtversuch der Weltgeschichte.«

Der Aufzug kam mit einem Ruck zum Halten und wackelte noch ein wenig nach. Samara und Boyle nahmen ihre jeweiligen Positionen ein, Hände und Gewehr erhoben. »Halte dich im Hintergrund, Denzel«, flüsterte Samara.

»Schon geschehen«, sagte Denzel, der sich hinter Boyle verbarg.

Samara winkte mit einem Finger, und die Tür schwang nach innen auf. Dahinter war nichts zu sehen. Boyle drückte auf einen Knopf an der Seite seiner

Waffe, lehnte sich vor und führte den Kolben einmal über die Schwelle des Aufzugs.

»Bekommst du irgendein Signal?«, fragte Samara.

»Nein«, antwortete Boyle. »Du?«

Samara schüttelte den Kopf. »Ist sauber, denke ich. Kommt.«

Boyle und Samara traten aus dem Aufzug heraus und suchten die Umgebung ab. Die Gasse hinter der Kirche war frei. »Kommt schnell«, drängte Samara, und Denzel beeilte sich, ihnen zu folgen.

An der Ecke der Kirche machte Boyle eine komplizierte Handbewegung – entweder ein Zeichen dafür, dass er zurückbleiben sollte, oder eine ziemlich unhöfliche Geste. Mehrere Sekunden lang scannte Boyle mit seinem Gewehr die Umgebung und inspizierte alles ganz genau, was groß genug war, um möglicherweise als Versteck zu dienen.

»Es ist zu ruhig«, flüsterte er. »Es wirkt zu sicher.«

»Kann es überhaupt *zu* sicher sein?«, fragte Denzel.

»Zu sicher heißt im Allgemeinen, dass es ganz und gar nicht sicher ist«, sagte Samara. Sie griff zwischen die Falten ihres Umhangs und holte etwas heraus, das wie eine Spielzeugversion des Transporters aussah, den Boyle und sie gefahren waren.

Sie zielte und warf ihn auf den Parkplatz. Er prallte einmal vom Asphalt ab und landete dann auf den Rädern. Samara murmelte etwas. Ein Geräusch, als würde man zwei Ballons aneinanderreiben, war zu hören, und anstelle des Spielzeugtransporters stand dort nun ein normal großes Auto.

»Was machst du da?«, zischte Boyle. »Sie werden ihm folgen.«

Samara nickte. »Genau das ist der Plan«, sagte sie. Sie winkte, und der Motor ging an. Mit quietschenden Reifen raste der Transporter vom Parkplatz auf die Straße.

Denzel sah dem davonfahrenden Wagen hinterher. »Sollten wir ... Sollten wir da nicht drin sitzen?«, fragte er, aber Samara legte einen Finger an ihre Lippen.

Mit einem dumpfen Knall wurden die Eingangstüren der Kirche weit aufgestoßen. Ein halbes Dutzend silberner und blauer Motorräder fuhr dröhnend heraus, jeweils mit einem Vulteron als Fahrer. Sie drehten auf den Hinterreifen eine Runde über den Parkplatz und machten sich dann an die Verfolgung des Transporters. Samara wirkte sehr zufrieden mit sich, als sie ihnen hinterhersah.

»Ah, der Trick mit dem ferngesteuerten Transporter als Lockvogel«, sagte sie und führte die anderen aus ihrem Versteck hinter der Kirche. »Uralte Kiste.«

Eine Energieexplosion blies ein basketballgroßes Loch in die Wand vor ihr. Boyle fuhr herum und riss das Gewehr hoch. »Wehe!«, warnte Knightley ihn. Sie kam hinter einem geparkten Auto hervor, in jeder Hand eine bedrohliche Waffe. Eine war auf Samara gerichtet, die andere auf Boyle. Denzel freute sich, dass für ihn keine mehr übrig war.

»Lass das Gewehr fallen, Boyle«, befahl Knightley. Sie warf Samara einen kurzen Blick zu. »Und du halt deine Hände so, dass ich sie sehen kann, Prinzessin – und denke nicht einmal daran, mit ihnen herumzuspielen.«

Hinter ihr vibrierte die Luft. Eine Gestalt mit Hakennase und Oberon-Umhang trat aus dem Nichts heraus, klopfte sich den Staub ab und hielt dann die Hände ungefähr in die Richtung von Denzel und den anderen beiden.

»Rasmus«, sagte Samara. Sie spuckte seinen Namen förmlich aus, als hätte er einen bitteren Geschmack. »War ja klar, dass du nicht weit sein würdest.«

»Samara«, antwortete Rasmus und zog das S lang wie eine Schlange. »Diesmal hast du es wirklich geschafft, dich in die Nesseln zu setzen.«

»Genug geplaudert«, sagte Knightley. »Lass deine Waffe fallen, Boyle. Ich sage es nicht noch einmal.«

»Du wirst nicht auf uns schießen, Knightley«, sagte Boyle.

Knightley kniff die Augen zusammen. »Ach ja?«

Sie betätigte den Abzug, und Denzel sah etwas Blaues auf Boyle zufliegen. Boyle hob den Unterarm, und ein fast durchsichtiges Schild baute sich vor ihm auf und lenkte den Energieblitz Richtung Himmel.

Knightley eröffnete das Feuer mit der anderen Waffe. Samara duckte sich, und ein Teil der Wand hinter ihr brach in die Kirche. Sie klatschte einmal in die Hände, und etwas, das Ähnlichkeit mit einer Welle aus Luft hatte, raste auf Knightley und Rasmus zu.

Rasmus erhob beide Hände, die Luft vor ihnen wurde glasig und lenkte die Windwelle ab.

»Gehe in der Kirche in Deckung«, knurrte Boyle und ließ ein Laserfeuer auf das Kristallschild regnen.

Denzel sprang von einem Fuß auf den anderen. »Sollte ich euch nicht helfen?«

Samara und Boyle warfen ihm einen vernichtenden Blick zu.

Denzel lächelte schwach. »Okay, ihr habt recht. Ich verstecke mich besser in der Kirche.«

Er kroch durch das Loch, das Knightley in die Wand geschossen hatte, und über den dazugehörigen Schutthaufen. Nachdem er über ein großes Stück Mauerwerk geklettert war, sah er sich nach einem geeigneten Versteck um.

Das Kircheninnere war verwirrenderweise sehr kirchenuntypisch. Denzel hatte einen hohen Bau mit

Holzbänken und einem ebenfalls hölzernen Jesus am anderen Ende erwartet. Stattdessen befand er sich in einem langen Flur, von dem zu beiden Seiten Türen abgingen. Er lief den Flur entlang, und ihm wurde klar, dass die Kirche in Wirklichkeit gar keine war, sondern ein Teil des darunterliegenden S.P.U.K.-Hauptquartiers.

Von dem Hauptflur ging ein kleinerer ab. Denzel warf einen Blick zurück zu dem Loch in der Wand. Bunte Lichter flackerten und blitzten dahinter. Mit lautem *Ssst, Brrrrm* und *Pfffft* flog Zeug umher (nicht unbedingt in dieser Reihenfolge). Irgendetwas explodierte, implodierte und explodierte dann wieder. Selbst aus Denzels beschränkter Sicht wirkte der Kampf da draußen wie ein Film über das Lebenswerk eines Hollywood-Special-Effect-Künstlers.

Denzel huschte den Seitengang entlang. Dort befanden sich zwei weitere Türen einander direkt gegenüber, aber er wusste nicht, was dahinter lauerte, und beschloss, lieber keinen Blick zu riskieren.

Kurz bevor der Gang vor einer soliden Mauer endete, gab es in der Wand eine kleine Einbuchtung – nicht besonders tief, aber groß genug, dass Denzel sich hineinquetschen konnte. Er machte sich schmal und zog die Füße so weit ein, dass seine Zehen nicht auf den Flur hinausragten.

Draußen wurde etwas gebrüllt. Etwas machte *Bu-Buusch*, und Denzels Haare standen ab, als hätte er einen Stromschlag bekommen. Die Kirchenmauern bebten. Danach ertönte ein Geräusch, das an ein lahmes Feuerwerk erinnerte.

Und dann herrschte Stille – abgesehen von Denzels Keuchen und dem rhythmischen Pochen seines Herzens.

Einige Augenblicke vergingen. Vorsichtig steckte Denzel den Kopf aus der Nische und zog ihn sofort wieder zurück. Er hatte nichts gesehen – wobei das wahrscheinlich daran lag, dass er sich zu schnell bewegt und außerdem heftig geblinzelt hatte.

Er nahm seinen Mut zusammen und probierte es erneut. Diesmal lehnte er sich viel langsamer aus seinem Versteck. Erleichtert bemerkte er die vertrauten Uniformen eines Oberons und eines Vulterons, die sich ihm näherten.

Die Erleichterung verschwand jedoch genauso schnell, wie sie gekommen war, als er erkannte, wer in den Uniformen steckte.

»Du kannst rauskommen, Denzel«, sagte Knightley. »Wir sehen dich.«

Sie hatte ihm direkt in die Augen geschaut. Dennoch drückte Denzel sich wieder in seine Wandnische. Er wusste nicht, was er sonst machen sollte. Zumindest fiel ihm nichts ein, außer ohnmächtig zu Boden zu sinken – etwas, das er im Moment nicht ausschließen konnte.

Knightley und Rasmus blieben vor ihm stehen. »Oh, hallo«, sagte er. »Meintet ihr mich?«

»Samara und Boyle sind festgenommen«, sagte Knightley. »Du kommst mit uns. Wir bringen dich zu Direktor Quinn.«

Knightley hielt ihre Waffen gesenkt, und auch Rasmus tat nichts, als höhnisch an seiner Hakennase entlang auf Denzel herunterzublicken. Keiner der beiden betrachtete ihn als Bedrohung, und das, beschloss Denzel, würde ihr Verderben sein!

Er ballte eine Faust.

Er hob den Arm.

»Igni!«, rief er und hielt den Ring in ihre Richtung.

Nichts geschah.

Denzel machte »Ts« und senkte den Arm wieder. »Na ja. Einen Versuch war es wert.«

Knightley fragte Rasmus: »Meinst du, das kann man als Widerstand gegen die Festnahme betrachten?«

Rasmus nickte. »Definitiv. Starker Widerstand.«

Knightley betätigte einen Hebel an einer ihrer Waffen, und diese begann bedrohlich zu summen. Knightley richtete sie auf Denzels Brust.

»Ja, das denke ich auch«, sagte sie. Gemeinheit blitzte in ihren Augen auf. »Achtung, Denzel. Das tut jetzt wahrscheinlich weh.«

Denzel versteifte sich, kniff die Augen fest zu und wartete auf den Schmerz.

Und wartete.

Und wartete.

Es dauerte ziemlich lange.

Er öffnete ein Auge – und war so überrascht von dem Anblick, der sich ihm bot, dass er das andere dazu brachte, ebenfalls mal nachzusehen.

Knightley und Rasmus lagen bewusstlos am Boden. Eine Gestalt steckte zur Hälfte in der Wand hinter ihnen, nur ihr Oberkörper war zu sehen, der Rest befand sich irgendwo hinter dem Mauerwerk. Ganz offensichtlich ein Geist.

Ganz offensichtlich war aber auch noch etwas anderes.

Denzel fiel die Kinnlade herunter. »Schmitti?«, flüsterte er.

Halb in der Mauer, lächelte Schmitti ihn an. »Hallo, Denzel«, sagte er. »Überraschung!«

Schmitti beugte sich vor und griff nach Denzels Handgelenk. »Das könnte gleich ein bisschen unangenehm werden«, sagte er, zerrte einmal heftig an Denzel und zog ihn geradewegs durch die Mauer.

Kapitel 17

Durch die Wand gezogen zu werden war gar nicht so schlimm. Das Gleichgewicht zu verlieren und mit dem Gesicht auf dem Fußboden in der Abstellkammer nebenan zu landen dagegen schon. Als er den ersten Schreck überwunden hatte, rollte Denzel auf den Rücken und rutschte über die nackten Dielen, um so viel Abstand wie möglich zwischen sich und Schmitti zu bringen.

»Sorry«, sagte Schmitti. »Ich hätte dich wohl nicht so schnell loslassen sollen.«

Denzel zitterte am ganzen Körper. Sein Mund klappte auf und zu, als er versuchte, das Gedankenwirrwarr in seinem Kopf zu entknoten.

»Schmitti. Du bist ... Du bist ...«

»Ein Geist«, sagte Schmitti. »Ja.«

»Aber ... Aber ... Ein *Geist*?!«

»Jap.«

»Du bist ein Geist, Schmitti!«

»Ich denke, das haben wir inzwischen offiziell festgestellt«, sagte Schmitti.

»Aber … Aber … Aber …«

Schmitti bückte sich und schlug Denzel ins Gesicht. Denzel hörte auf zu zittern. Er schluckte. »Danke.«

»Kein Problem«, sagte Schmitti.

Denzel stand auf, immer noch um Abstand bemüht. Nun, da er nicht mehr in einer Mauer steckte, sah Schmitti aus wie immer. Kein bläulicher, geisterhafter Schein um ihn herum, auch war er nicht durchsichtig, und seine Füße standen fest auf dem Boden. Er war einfach nur Schmitti.

Schmitti, der Geist.

»Also … Wie ist das?«, fragte Denzel. »Du bist tot?«

»Größtenteils, ja«, antwortete Schmitti.

Ein schrecklicher Gedanke kam Denzel. »Haben sie dich umgebracht? Die Geistersammler?«

Schmitti schüttelte den Kopf. »Nein. Ich war tot, bevor wir ihnen begegnet sind.«

»Und … Seit wann?«

Schmitti kratzte sich am Kopf. »Welcher Tag ist heute?«

»Samstag«, sagte Denzel.

»Samstag, der …?«

»Der sechzehnte«, sagte Denzel.

»Welcher Monat?«

»Juni.«

»Ach ja.« Schmitti zählte murmelnd etwas an den Fingern ab. »Seit 1681«, verkündete er schließlich.

»Du bist *seit 1681 tot?*«, stieß Denzel hervor. »Warum hast du mir nichts davon gesagt?«

Schmitti runzelte die Stirn. »Du warst damals noch nicht auf der Welt.«

»Nein, ich meine jetzt. Vor Kurzem. In der Schule. Warum hast du es mir nicht erzählt?«

»Keine Ahnung.« Denzel zuckte die Achseln. »Ich hätte nicht gedacht, dass es dich so sehr interessiert.«

Denzel starrte ihn an. »Du hast nicht gedacht, es würde mich interessieren, *dass du ein Geist bist?*«

»Ja«, sagte Schmitti. »Ich meine, was ändert das schon?«

»Bist du wahnsinnig?«, rief Denzel. »Das ändert *alles!*«

Schmitti sah hinunter auf seine Füße. »Ja«, sagte er ungewöhnlich leise. »Na ja, vielleicht habe ich es dir deswegen nicht erzählt.«

»Du hast mich angelogen, Schmitti«, sagte Denzel. »Ich dachte, du wärst … keine Ahnung … normal! Na ja, nicht gerade *normal*, aber zumindest … nicht tot!«

Schmitti antwortete nicht, sondern starrte nur weiter auf seine Füße.

»Es tut mir leid«, flüsterte er schließlich.

»Du bist ein Geist, Schmitti!«

»Jap«, sagte Schmitti. »Ich bin ein Geist.«

»Du bist eine vierdimensionale, nichtsterbliche physische Materialisierung! Oder wie die das nennen.«

»Bin ich das?«, fragte Schmitti. Er blies die Wangen auf. »Das ist mir neu.«

Denzel musterte ihn. Ein Geist. Sein bester – nun ja, um ehrlich zu sein, sein einziger – Freund war ein Geist. Und er hatte diese Tatsache vor ihm verborgen, ihn monatelang angelogen.

»Wahrscheinlich willst du jetzt nichts mehr mit mir zu tun haben«, sagte Schmitti. »Das verstehe ich. Ist schon in Ordnung. Ich bin ein Geist, und du bist bei der Geisterpolizei oder so.«

Denzel schüttelte den Kopf. Es fiel ihm immer noch schwer, es zu glauben. »Pass auf, Schmitti, ich frage dich jetzt eine einzige Sache – und ich erwarte, dass du mir eine ehrliche Antwort gibst«, sagte er.

Schmitti nickte, den Kopf immer noch gesenkt. »Okay«, flüsterte er, und seine Stimme brach.

»Also gut«, begann Denzel. Er räusperte sich. Er atmete tief durch. »Was hättest du lieber, okay?«

Schmitti hob den Kopf.

»Eine Zunge aus Toffee – für immer ...«

Ein Lächeln umspielte Schmittis Mundwinkel.

»… oder Godzilla als Haustier?«

»Das ist einfach«, sagte Schmitti und zog seinen Schleimpfropfen hoch. »Eine Toffeezunge.«

»Was?! Bist du verrückt?«, fragte Denzel. »Auf keinen Fall. Godzilla als Haustier!«

»Aber wo würdest du ihn halten?«, fragte Schmitti. »Euer Garten ist winzig.«

»Ich würde ihm einen Zwinger bauen«, antwortete Denzel. »Und eine echt große Katzenklappe in die Tür.«

Schmitti verdrehte die Augen. »Während ich Tag und Nacht den weichen, süßen Geschmack von Toffee im Mund habe.«

Denzel lachte. So richtig. Das erste Mal seit dem Müllmonster. Es fühlte sich gut an.

»Du bist ein Geist, Schmitti«, sagte er, als er aufgehört hatte zu lachen. »Ein echter *Geist*!«

»Jap«, sagte Schmitti. Er lächelte. »Aber ich bin immer noch ich.«

»Aber … wie ist das passiert?«

Schmitti zuckte die Schultern. »So wie bei den meisten. Ich bin gestorben, fand aber den Weg ins Geisterreich nicht. Ich habe ein paar hundert Jahre gesucht und dann aufgegeben.«

»Und dann hast du beschlossen, zur Schule zu gehen?«

»Eigentlich gehe ich nicht zur Schule«, sagte Schmitti. »Ich habe dich nur irgendwann auf der Mauer gesehen und gedacht, ich könnte dir Hallo sagen. Du warst nett, also bin ich immer wieder gekommen.«

Denzel dachte zurück. Er hatte Schmitti nie in der Schule gesehen, erst recht nicht im Unterricht.

»Aber wenn du ein Geist bist, warum isst du bei meinen Lunchpaketen mit?«

»Du bietest es mir ja immer wieder an«, sagte Schmitti. »Ich wollte nicht unhöflich sein. Außerdem waren manche von deinen Sandwiches ziemlich lecker – zumindest, wenn man das Grünzeug runternimmt.«

»Nein, aber ... du bist doch ein Geist. Geister essen nicht!«

»Manche schon«, sagte Schmitti. »Wir müssen zwar nicht, aber manche von uns tun es einfach gerne.«

»Und warum fällt es nicht einfach durch dich hindurch?«

Schmitti grinste. »Tut es ja. Irgendwann.« Wieder zuckte er mit den Schultern. »Ich habe nicht viele andere Geister kennengelernt, deshalb weiß ich nicht immer, wie alles funktioniert. Ich kann jedenfalls ziemlich fest sein und ganz gut so tun, als wäre ich noch am Leben. Trotzdem kann ich durch Wände gehen, aber nur, wenn ich es will. Das musste ich lange üben.«

»Wie lange?«, wollte Denzel wissen.

»Ungefähr drei Jahrhunderte.«

»Wow.«

»Plus/minus zehn Jahre.«

»Aha«, sagte Denzel. »Und ... bist du ... na ja, *böse?* Das denken die von S.P.U.K. nämlich.«

»Ich glaube nicht«, sagte Schmitti. »Manchmal gehe ich ins Kino, ohne mir eine Eintrittskarte zu kaufen. Zählt das?«

Hinter der Tür der Abstellkammer waren Geräusche zu hören.

Schmitti packte Denzel wieder am Handgelenk. »Komm, wir hauen besser ab«, drängte er.

Denzel hielt die Luft an, als Schmitti ihn wieder durch die Mauer zog, und diesmal gelang es ihm, das Gleichgewicht zu halten, als er auf der anderen Seite herausstolperte.

»Wir können durch die Friedhofsmauer und von da aus auf die Straße«, sagte Schmitti.

»Und dann?«, fragte Denzel.

»Ich dachte, wir könnten nach Las Vegas ziehen und professionelle Spieler werden«, sagte Schmitti. »Ich würde mich Schlangen-Schmitti nennen, und du wärst Jimmy Schuh.«

»Warum soll ich Jimmy Schuh sein?«, fragte Denzel.

»Warum nicht?«

»Weil ich nicht Jimmy heiße«, gab Denzel zu bedenken.

»Aber du trägst Schuhe«, sagte Schmitti.

Denzel runzelte die Stirn. »Ja, aber …« Er schüttelte den Kopf. Jetzt war nicht der richtige Zeitpunkt, um gegen Schmittis Logik anzudiskutieren. »Wir können das sowieso nicht machen. Weglaufen.«

»Klar«, sagte Schmitti. »Es ist ganz einfach, guck.«

Er tat so, als würde er in Zeitlupe rennen. »Genau so, nur schneller.«

»Nein, ich meine, wir müssen zurück«, sagte Denzel. »Quinn hat Samara und Boyle.«

»Sind das die Samara und der Boyle, die uns entführt und in den Transporter geworfen haben?«, fragte Schmitti.

»Ja!«

»Und die uns erschießen wollten? Mehrmals«, sagte Schmitti. »Die Samara und der Boyle, die ihr Leben der Geisterjagd widmen? Diese Samara und den Boyle willst du retten?«

Denzel nickte. »Die beiden sind nicht die Bösen«, beharrte er. »Sie haben mir geholfen. Sie versuchen, Quinn zu stoppen.«

»Stoppen? Wobei?«

»Sie hat eine Maschine«, erklärte Denzel. »Sie plant, ein Loch in das Geisterreich zu machen und alle Geister da reinzusaugen, aber das zerstört die ganze Welt. Zumindest hat mir das der Poltergeist gesagt.«

Er schüttelte sich. »Vielmehr hat er seine Tentakel in meinen Kopf gesteckt und die Bilder direkt in meinem Gehirn ablaufen lassen.«

»So sind sie, die Poltergeister«, sagte Schmitti. »Wahrscheinlich. Ich habe noch nie einen gesehen. Soweit ich weiß, sehen sie sich nicht einmal gegenseitig.«

Denzel runzelte die Stirn. »Warum kann ich es dann?«

Schmitti zuckte mit den Schultern. »Frag mich was Leichteres.« Er blies die Wangen auf und blickte zurück zur Kirche. »Willst du da wirklich wieder rein?«

»Ich muss versuchen, sie aufzuhalten«, sagte Denzel. »Aber du bleibst besser draußen. Für dich ist es zu gefährlich. Sie könnten dich entdecken.«

»Haben sie bis jetzt auch nicht«, sagte Schmitti. Er streckte die Brust vor. »Außerdem stehe ich auf Gefahr«, fügte er hinzu. »Ich esse Gefahr zum Frühstück. Gefahr ist mein zweiter Vorname.«

»Okay …«

»Übrigens … nichts davon ist wahr«, sagte Schmitti. »Ich habe das nur gesagt, um Eindruck zu schinden.« Er grinste breit. »Aber ich bin tot. Was wäre das Schlimmste, was passieren könnte?«

Kapitel 18

Denzel hielt den Atem an, als er mit einem *Wuuusch* durch eine weitere Mauer gezogen wurde. Diesmal kam er auf dem oberen Absatz einer steinernen Wendeltreppe raus, die weit nach unten ins Halbdunkel führte.

»Über diese Treppe kommst du runter ins Hauptquartier«, erklärte Schmitti. Seine Stimme hallte laut von den Wänden wider, und er schlug sich schnell eine Hand vor den Mund.

»Woher weißt du das?«, fragte Denzel flüsternd.

»Ich hänge hier ab, seit ich offiziell gegangen bin«, sagte Schmitti. »Dachte mir, ich schnüffle ein bisschen herum, für den Fall, dass du in Schwierigkeiten gerätst.« Er zeigt die Treppe hinunter. »Ich gehe vor und sehe nach, ob die Luft rein ist.«

»Und wenn sie dich entdecken?«, fragte Denzel.

Schmitti zwinkerte. »Wie sollen sie mich entdecken, wenn ich das hier mache?«, fragte er, presste die

Lippen aufeinander, ballte die Hände zu Fäusten und runzelte konzentriert die Stirn.

»Wenn du was machst?«, fragte Denzel.

»Ich mache mich unsichtbar«, sagte Schmitti, der anfing, vor Anstrengung zu zittern.

»Du läufst blau an«, korrigierte Denzel.

»Das war nie mein Spezialgebiet«, seufzte Schmitti. »Na ja, wenn irgendjemand kommt, verschwinde ich durch die Mauer.« Auf Zehenspitzen trippelte er los. »Ich rufe, wenn alles okay ist.«

»Nicht rufen«, sagte Denzel. »Damit lenkst du nur Aufmerksamkeit auf dich. Mache besser einen Vogellaut oder so.«

Schmitti nickte. »Vogellaut. Alles klar.«

Mit diesen Worten ging er los. Denzel blieb zurück und lauschte. Rechts neben ihm befand sich eine Tür, die vermutlich zurück in die Kirche führte. Er stellte einen Fuß davor, falls jemand sie von der anderen Seite aus öffnen wollte.

»Kraaak! *Kraaaaaaak!*«

Erschrocken zuckte Denzel zusammen, als der durchdringende Schrei von unten ertönte. Schnell lief er die Wendeltreppe hinunter und erreichte Schmitti nach mehreren Kurven.

»Was war das denn?«, flüsterte er. »Ich habe gesagt, mache einen Vogellaut.«

»Das war ein Vogellaut«, sagte Schmitti. »Ein Reiher.«

»Dann nimm besser keinen Reiher!«, befahl Denzel. »Lieber einen normalen Vogel!«

Schmitti nickte. »Okay. Kein Problem.«

Er huschte weiter die Treppe hinunter. Denzel wartete. Einige Augenblicke herrschte Stille, die dann durch ein einsames »Quak« durchbrochen wurde.

Denzel verdrehte die Augen. »Immerhin.«

So bewegten sie sich minutenlang weiter: Schmitti quakte, zwitscherte und schrie gelegentlich, bis sie ganz unten angelangt waren.

Die Tür am Fuß der Treppe sah alt aus. Metallschnallen liefen quer über das Holz. Sie hatte keinen Griff, aber auf Augenhöhe war ein Iris-Scanner angebracht.

»Wohin führt die?«, fragte Denzel flüsternd.

»Keine Ahnung«, sagte Schmitti. »Ich bin nie bis ganz nach unten gegangen. Soll ich mal kurz durchschlüpfen und nachsehen?«

»Lass uns zusammen gehen«, sagte Denzel. »Für dich ist es da drin gefährlicher als für mich.«

»Oh, da wäre ich mir nicht so sicher«, sagte Schmitti. »Sie könnten dir alles Mögliche antun.«

»Ja, stimmt«, gab Denzel zu.

»Dir die Hände abhacken. Dir die Zehen mit einem Hammer zertrümmern …«

»Warum sollten sie?«, fragte Denzel.

»Dir die Augen rausreißen ...«

»Sie würden nichts davon tun«, zischte Denzel. Zumindest hoffte er das. Er streckte einen Arm aus. »Komm jetzt, lass uns durchschlüpfen, Samara und Boyle suchen und Quinn überrumpeln.«

Schmitti nickte. »Idiotensicherer Plan«, sagte er und griff nach Denzels Handgelenk. Sie schwebten durch die Tür in ein allzu vertrautes Büro.

»Nur herein, Denzel«, sagte Quinn. »Wir haben dich schon erwartet.«

Schmitti warf Denzel einen Seitenblick zu. »Okay, vielleicht nicht *hundertprozentig* idiotensicher, aber trotzdem kein schlechter Plan.« Er zuckte mit den Schultern. »Mehr oder weniger.«

Quinn saß Richtung Tür gewandt in ihrem hohen Ledersessel, die Beine ordentlich übereinandergeschlagen, in der Hand eine Tasse Tee auf einer Untertasse. Knightley und Rasmus standen jeweils auf einer Seite neben ihr, Waffen und Hände auf die beiden Besucher gerichtet.

»Hui, die waren aber ganz schön fix!«, sagte Schmitti.

Quinns Blick wanderte zu Schmitti, und sie hob überrascht die Augenbrauen. »Was macht der denn hier? Wie kann es sein, dass er hier ist? Er erinnert sich nicht an dich.«

»Doch, tut er«, sagte Denzel.

»Genau«, bestätigte Schmitti. »Elefanten verge–«

»Nicht jetzt, Schmitti«, sagte Denzel.

Quinn musterte Schmitti. »Unfassbar. Du bist eine vierdimensionale, nichtsterbliche physische Materialisierung.«

»Wenn Sie das sagen, meine Liebe«, sagte Schmitti.

»Natürlich«, sagte sie flüsternd. »Wie konnte ich das bloß übersehen?«

»Was haben Sie mit Samara und Boyle gemacht?«, fragte Denzel.

»Sie haben Fahnenflucht begangen. Ich musste sie festnehmen lassen«, sagte Quinn und riss sich mühsam von Schmitti los. Sie stand auf, wedelte einmal mit der freien Hand über Tasse und Untertasse und ließ sie auf diese Weise verschwinden. »Du irrst dich, Denzel, bezüglich meiner Maschine«, sagte sie. »Sie ist nicht gefährlich. Mit ihrer Hilfe können wir Gutes erreichen, die Welt zu einem besseren Ort machen.«

»Nein«, sagte Denzel. »Ich habe gesehen, was passiert. Der Poltergeist hat es mir gezeigt.«

Quinn lachte das freudloseste »Ha!« aller Zeiten. »Ein böser Geist hat dir das gezeigt, ja?«, fragte sie. »Eine Kreatur ohne Gefühle, die – hätte sie die Gelegenheit dazu – jeden Einzelnen von uns zerstören würde, hat dich gewarnt, meine Maschine sei gefährlich?«

Sie betrachtete Denzel prüfend. »Und ich dachte, du würdest die Dinge klarer sehen als wir. Wie enttäuschend.«

Quinn drehte sich um. Ihr Stuhl huschte ihr scheinbar von selbst aus dem Weg. »Bringt sie mit«, befahl sie, während sie auf die Tür zumarschierte, die in das Hauptgebäude hinausführte. »Zeit für eine Vorführung.«

*

Denzel und Schmitti standen in der Mitte eines riesigen, warenlagerähnlichen Raumes, an beiden Seiten flankiert von den S.P.U.K.-Mitgliedern. Rechts stand ein Regiment von etwa achtzig Vulterons stramm. Viel entspannter wirkte etwa dieselbe Anzahl Oberons zu Denzels Linken. Alle trugen jeweils die gleichen Umhänge.

Samara und Boyle knieten zwischen Denzel und Quinn am Boden, die Hände hinter dem Rücken gefesselt, die Münder geknebelt.

Von hinten sah Denzel, dass Samaras Ringe fehlten.

Unwillkürlich tastete er nach dem Flauros-Ring an seiner eigenen Hand und fragte sich, ob er ihn ihr irgendwie unbemerkt zukommen lassen konnte.

Alle Augen ruhten auf Quinn, die dort stand wie eine Königin, die Hof hält. Neben ihr behielten Knightley und Rasmus die beiden Gefangenen im Auge.

Hinter ihnen allen stand der Zerstörer und überragte die Menge. Er hatte einen Kratzer im Lack, der nahezu perfekt zu der Spur an der Decke über ihnen passte. Denzel tat so, als würde er es nicht bemerken, und hoffte, dass es sonst niemandem auffiel.

»Wow, und was kann das Ding da?«, flüsterte Schmitti.

»Frag lieber, was es *nicht* kann«, antwortete Denzel.

»Bügeln?«, vermutete Schmitti.

»Stimmt, ziemlich unwahrscheinlich«, gab Denzel zu.

»Soldaten der Siebten Armee der Erleuchteten«, begann Quinn. Ihre Stimme schien sich auszudehnen, um den gewaltigen Raum auszufüllen. Sie ließ den Blick über die Gesichter der Jugendlichen schweifen, die sie ansahen, und setzte ihr angelerntes Lächeln auf. »Freunde.«

Mit zustimmendem Geraune erwiderten die Oberons ihren Gruß. Quinn wartete, bis es verebbte, bevor sie fortfuhr. »Jahrhundertelang hat der Kult des Sh'grath unermüdlich daran gearbeitet, die Welt vor Geistern, Gespenstern und was nachts sonst noch so herumspukt, zu schützen. Unser Leben ist dem Kampf gegen diese Unregelmäßigkeiten gewidmet, die der Welt Schaden zufügen.« Ihr Gesichtsausdruck und ihre Stimme wurden kalt. »Und wozu?«, fragte sie. Sie ließ die Augen über die Zuhörer wandern, aber niemand meldete sich freiwillig, um zu antworten.

»Jedes Jahr fangen wir Hunderte von ihnen. Tausende. Und jedes Jahr kriechen unzählige weitere aus der Dunkelheit wie Ungeziefer, und der Kampf beginnt erneut. Wie viele Partner haben wir verloren? Wie viele Freunde? Wie viele unserer Lieben? Und wie viele müssen wir noch verlieren, bis wir die Sache ernsthafter angehen?«

»Wie meinen Sie das?«, fragte ein Oberon.

»Ich rede vom Ende eines ewig andauernden Krieges«, verkündete Quinn. »Und der Geburt einer schönen, neuen Welt! Einer Welt, in der wir nicht länger unser Leben und das unserer Kinder opfern müssen, um eine Bevölkerung zu verteidigen, die nichts von uns weiß – der wir gleichgültig sind. Seht!«

Sie hob die Arme, und ein Stück Fußboden vor ihr glitt zur Seite. Ein Gestell mit in Weidenzweige eingewickelten Edelsteinen stieg aus dem Boden auf, zusammen mit einer Maschine in der Größe eines Desktopcomputers, der das Kunststück gelang, zugleich sperrig und schnittig auszusehen.

»Ich wette, das ist es«, flüsterte Denzel. »Das ist der Energie-Spalter.«

Ein gedämpftes Getuschel erklang von beiden Seiten des Raumes, als das Gestell und die Maschine stoppten. Quinn wippte auf den Füßen vor und zurück und wartete ab, ließ zu, dass das Tuscheln lauter wurde.

Schmitti beugte sich zu Denzel hinüber. »Das muss man ihr lassen: Sie ist eine hervorragende Rednerin«, sagte er flüsternd. »Sehr präsent.«

»Leider vollkommen durchgeknallt«, ergänzte Denzel.

»O ja. Auf jeden Fall«, stimmte Schmitti ihm zu. »Total übergeschnappt.«

»Über Generationen haben wir gekämpft. Unaufhörlich. Ohne Dank. Wir haben die Welt vor Gefahren geschützt, von denen sie nicht einmal ahnte, dass sie existieren«, donnerte Quinn. »Wir haben Tausende unschädlich gemacht – aber wie viele sind noch da draußen? Millionen? Milliarden? Sie sind eine Plage. Ein Krebsgeschwür. Und wir sind nichts weiter als ein kleines Pflaster auf diesem Geschwür!«

»Amen, Schwester!«, rief Schmitti. Alle Augen richteten sich auf ihn. Er errötete. »Sorry. Fahren Sie fort.« Er warf Denzel einen Blick zu. »Habe mich mitreißen lassen. Sie ist wirklich überzeugend.«

»Ich weiß«, sagte Denzel. »Als ich zurückgekommen bin, hat sie mich irgendwie hypnotisiert oder so …«

Sein Blick wanderte zu Knightley und Rasmus, dann zu den anderen Sammlern paranormaler Unregelmäßigkeiten. Wie viele von ihnen standen unter Quinns Bann? Sicher nicht alle, denn sonst müsste sie diese Rede nicht halten. Aber vermutlich einige.

»Das ändert sich heute«, sagte Quinn. Sie nahm einen Edelstein von dem Gestell und steckte ihn in etwas, das aussah wie das Ladefach der Maschine. »Heute schicken wir sie alle fort. Wir schicken jedes einzelne Gespenst, jeden Geist und jede Erscheinung dorthin, wohin sie gehören. Ins Geisterreich!«

Wieder erhob sich ein Gemurmel im Saal. Quinn fuhr mit den Fingerspitzen über die Maschine. Eine Reihe Runen leuchtete schwach auf dem Metall auf, und ein hohes Jaulen ertönte.

»Wetten, sie sagt gleich wieder ›Seht!‹?«, flüsterte Schmitti.

»Seht!«, rief Quinn.

»Was habe ich gesagt?«

Die Oberfläche der Maschine begann zu knistern und Funken zu sprühen. Quinns Gesicht sah aus wie eine freudig erregte Maske, die Augen schienen ihr fast aus dem Kopf zu quellen vor Begeisterung.

Auf beiden Seiten wichen die Leute von S.P.U.K. zurück. Selbst Knightley und Rasmus wirkten unsicher, als die Maschine begann, über den Boden zu vibrieren.

»Bleibt, wo ihr seid!«, befahl Quinn. »Ihr bezeugt den Beginn einer schönen, neuen Welt!«

»Wohl eher das Ende der Welt«, flüsterte Denzel. Er beugte sich näher zu Schmitti. »Kannst du Samara und Boyle befreien?«

»Auf jeden Fall!«, sagte Schmitti. »Na ja, wahrscheinlich.« Er zuckte die Achseln. »Ich kann es probieren.«

»Du schaffst das«, sagte Denzel. »Ich muss sie davon abhalten, die Maschine mit noch mehr Edelsteinen zu füttern.«

»Wie?«

»Ich werde ein Wort denken«, sagte Denzel.

Schmitti runzelte die Stirn. »Was für ein Wort?«

Denzel schloss die Augen.

Er dachte das Wort.

Und flüsterte es: »Igni.«

Ein Funke. Ein *Wuuusch*.

Und eine Stichflamme schoss durch den Raum.

Kapitel 19

Quinn machte eine Handbewegung, und die Flamme erstarb.

Denzel keuchte vor Schmerzen, als der Ring an seinem Finger eiskalt wurde, zerbrach und abfiel.

Ein schiefes Grinsen schlich sich in das Gesicht der Direktorin. »Ich bin beinahe beeindruckt. Aber du hast mich verfehlt, Denzel«, sagte sie.

Denzel schüttelte den Kopf. »Nein, habe ich nicht.«

Quinn runzelte die Stirn. »Tut mir leid, aber das ist ja wohl offensichtlich.«

»Nö. Dafür hätte ich ja auf Sie zielen müssen«, sagte Denzel. »Und das habe ich nicht.«

Quinn wirkte immer noch verwirrt. Dann blähten sich ihre Nasenflügel. Sie schnupperte.

»Wahrscheinlich erkennen Sie den Geruch«, sagte Denzel. »Ich könnte schwören, dass Sie gerade in Ihrer Erinnerung kramen, was es ist. Ich sag's Ihnen: brennende Weidenzweige.«

Quinns Kopf fuhr nach links. Die Zweige, mit denen die Edelsteine umwickelt waren, waren schwarz und verkohlt. »Nein!«, jaulte sie und griff nach dem nächstgelegenen Edelstein, während die anderen bereits zu zittern begannen.

Mit einem wütenden Brüllen schleuderte Quinn ihn in das Ladefach der Maschine. Deren Jaulen wurde ohrenbetäubend, und die Luft um sie herum schien zu blubbern und Blasen zu bilden.

Die versammelten Mitglieder der S.P.U.K. sahen gebannt zu, wie ein dünner Strahl violetten Lichts von der Maschine aufstieg. Die Welt schien sich zu teilen, ein winziger Riss zu entstehen – als würde ein Reißverschluss geöffnet.

»Jetzt, Schmitti!«, rief Denzel, aber Schmitti starrte in den größer werdenden Spalt, fasziniert von dem bunten Gewimmel dahinter.

»Ist das ... Ist das das Geisterreich?«, fragte er niemand Bestimmtes. »Es ist wunderschön.«

»Schmitti!«, sagte Denzel. »Samara und Boyle. Schnell!«

Schmitti schüttelte sich und kniete sich vor die beiden. »Hi, ich bin Schmitti. Wir sind uns schon mal begegnet, als ihr uns entführt habt, wisst ihr noch?«, sagte er und sah dabei insbesondere Boyle scharf an. »Du warst ziemlich gemein zu mir. Aber das ist

Vergangenheit. Vergeben und vergessen. Ach, und wisst ihr was? Ich bin ein Geist. Überraschung!«

Er drückte jeweils eine Hand auf ihre Köpfe. Mit einem *Klick* fielen die Handschellen und Knebel glatt durch ihre Körper hindurch und landeten auf dem Boden. »Cool, was?«, sagte Schmitti grinsend.

In dem Moment, als Boyle und Samara aufsprangen, wurden violette Blitze aus dem Geisterreich geschleudert und zitterten die Decke entlang. Auf beiden Seiten des Raums entstand ein Tumult, weil jeder versuchte, möglichst großen Abstand zwischen sich und das Loch zu bringen.

»Das ist wahrscheinlich nicht so ideal«, sagte Denzel.

Samara schüttelte den Kopf. »Es ist instabil. Wenn wir es nicht schließen, wird es immer größer.«

»Knightley!«, blaffte Boyle. »Gib mir ein Gewehr.«

Knightley sah ihn überrascht an und blickte dann wieder zu der bebenden Maschine.

»Egal, was sie dir von ihrem Plan erzählt hat, Knightley – er wird nicht aufgehen!«, brüllte Boyle. »Also gib mir ein Gewehr. Sofort!«

Mit einem unsicheren Nicken warf Knightley ihm eine ihrer Handfeuerwaffen zu. Boyle fing sie und schoss eine Salve Laserfeuer auf Quinns Apparat. Der obere Teil explodierte und spuckte rote Rauchwolken in die Luft. Mit einem deutlich hörbaren *Krrrrrrk* wurde das Loch zum Geisterreich noch ein gutes Stück größer.

Schmitti schlenderte zu Boyle. »Ich sag's nur ungern, aber das hast du jetzt eher verschlimmbessert.«

»Äh, Leute«, sagte Denzel mit zitternder Stimme. Zwei Krallenhände, jeder Finger so lang wie ein erwachsener Mensch, erschienen in dem Spalt. Sie drückten gegen die Seiten und schoben sie langsam, aber sicher weiter auseinander. »Was ist das?«

»Nichts Gutes«, sagte Samara und schluckte. Sie blickte zu den sich hastig zurückziehenden Oberons. »Rasmus. Ihr alle. Wir müssen das schließen!«

Boyle wandte sich zur anderen Seite des Raums. »Und wir müssen dieses Ding zurückhalten, bis das Loch zu ist. Los, los, los!«

Einen Augenblick lang rührte sich niemand. Dann fassten ein paar der S.P.U.K.-Mitglieder auf beiden Seiten Mut und eilten in die Mitte des Raumes. Andere folgten ihnen, und bald hatte sich eine große Gruppe um dem Riss versammelt.

Denzel und Schmitti wurden beiseite gedrängt. Schmitti war immer noch gebannt von den herumwirbelnden Farben in dem Loch. Eigentlich hatte er immer ein Grinsen im Gesicht, aber diesmal übertraf er sich selbst.

»Das Geisterreich«, flüsterte er. »Endlich habe ich es gefunden. Nach all den Jahren.«

»Ich sollte ihnen irgendwie helfen«, sagte Denzel. »Ich sollte irgendetwas tun.«

Schmitti blinzelte. »Was? Was könntest du denn machen?«

»Der Zerstörer!«, rief Denzel. »Mit dem hätte ich eine Chance gegen sie!«

Er drehte sich zu dem Kampfanzug um, als eine gewaltige Metallhand ihm ins Gesicht schlug und ihn quer durch den Raum taumeln ließ.

Denzel stolperte in das Gestell mit Edelsteinen, und sie flogen in alle Richtungen. Stöhnend sank er zu Boden und hielt sich die Rippen.

»Entschuldigung, suchst du *den* hier?«

Mit Pfeifen und Klackern kam der Zerstörer auf ihn zu. Denzel warf einen Blick hinüber zu Samara und Boyle, aber die waren vollauf damit beschäftigt, das gigantische … was auch immer es war, das da aus dem Geisterreich kam, in Schach zu halten, und hatten seine missliche Lage noch nicht bemerkt.

»Du hast alles kaputt gemacht«, zischte Quinns Stimme aus dem Roboterkampfanzug. »Du hast alles zerstört!«

»Ich? Was habe ich denn gemacht?«, kreischte Denzel.

»Du hast meinen Plan sabotiert«, knurrte Quinn.

»Weil er vollkommen durchgeknallt ist!«, protestierte Denzel. Er zeigte auf den Riss in der Realität. Die Krallenhände waren immer noch dabei, ihn zu vergrößern. »Sollten Sie nicht vielleicht das Ding da aufhalten?«

»Ach, wozu?«, zischte Quinn. »Als ob mir das irgendjemand danken würde. Niemand dankt einem irgendetwas. Soll es doch kommen. Sollen sie alle kommen. Egal, wie es ausgeht – so oder so ist dieser sinnlose, endlose Krieg heute vorbei.«

Schmitti trat vor den am Boden liegenden Denzel und zeigte auf den Glaskopf des Zerstörers. »Hey, Lady, verschwinden Sie. Lassen Sie meinen Freund in –«

Ein gigantischer Fuß schmetterte auf Schmitti nieder und zerquetschte ihn. »Schmitti!«, rief Denzel.

»Alles in Ordnung. Mir geht's gut«, sagte eine dumpfe Stimme unter dem Fuß. »Flacher, als mir lieb ist, aber sonst okay.«

Der Zerstörer hob eine geballte Faust. »Wollen wir doch mal sehen, ob du genauso ein Stehaufmännchen bist wie dein Freund, Denzel«, sagte Quinn verächtlich. Die Faust schwang nach unten. Denzel warf die Arme hoch in dem verzweifelten Versuch, sich zu schützen.

Neben ihm waberte etwas Schwarzes, Rauchähnliches aus dem Inneren eines Edelsteins.

Der Poltergeist wand sich genau in dem Moment um Denzels Körper, als die Faust auf ihn niederging. Der Schlag war heftig und zugleich sehr sanft – als würde man von einem Kissen getroffen, das mit zweihundert Stundenkilometern auf einen zugeflogen kommt.

Quinn zog die Roboterfaust zurück und starrte hinunter auf Denzel. Da sie den Poltergeist nicht sah, hatte sie keine Ahnung, warum er kein Ketchup-Fleck am Boden war.

»Was …? Wie …?«, sagte sie.

Der Geist wickelte seine Tentakel um Denzels Arme und Beine und hievte ihn dann in eine stehende Position. Die anderen Edelsteine klapperten und rollten über den Boden. Denzel sah verblüfft zu, wie zarte Formen aus den Steinen schlängelten. Sie umkreisten ihn und schienen sich dann mit dem Poltergeist zu verbinden, bis Denzel einen kompletten Anzug aus Geistern trug.

Nein, kein Anzug.

Eine Rüstung.

»Ist da noch ein bisschen Platz für mich?«, fragte Schmitti, der neben Denzel aus dem Fußboden aufstieg. Sein Gesicht war ein riesiger Kreis, sein zerstampfter Kopf nur wenige Zentimeter flach. Er wurde ganz dünn an den Rändern, zwinkerte Denzel zu und verschmolz dann mit der Geisterrüstung.

Nun sah Denzel das Rauchschwarz des Poltergeists nicht mehr. Stattdessen umgab ihn etwas schwer zu Beschreibendes. Es war, als wäre ein Kristall zugleich flüssig und gasförmig geworden – und gleichzeitig immer noch fest. Es funkelte in dem Aufglühen der violetten Blitze und den zuckenden Energiesalven von der Zauberei und den Waffen der S.P.U.K.

Denzel grinste. Er ließ seine Muskeln spielen, und die Geister machten die Bewegung mit. Er hatte noch nie etwas Vergleichbares gespürt. Er fühlte sich stark! Unzerstörbar! Unaufhaltbar!

Ein Metallfuß trat nach ihm, und Denzel flog schreiend durch den Raum. Er krachte in die schweren Türen der Superwaffen-Kammer und verbog sie. »Au«, stöhnte er, als er zu Boden glitt.

Seine Beine bewegten sich von alleine, stellten ihn wieder auf die Füße, und er fühlte sich wie ein Kung-Fu-Meister, der bei einer Party mit seinen Künsten angibt. Er rannte nicht, er sprang nicht, nein, er *flog* auf den Zerstörer zu. Sein Arm zog sich zurück, und die Geister bildeten eine gewaltige Faust um seine Hand herum.

Ein satter Kinnhaken krachte durch den Raum, laut genug, um alles andere zu übertönen. Die Wucht des

Schlages ließ den Zerstörer das Gleichgewicht verlieren. Er landete schwer auf mehreren Regalen gleichzeitig und zerschmetterte sie mit seinem enormen Gewicht.

Denzel kicherte. Er konnte nicht anders. »Boah, das war echt cool!«

»Weißt du, was noch ziemlich cool ist?«, fragte Schmittis Stimme irgendwo in der Geisterrüstung. »Mein Hintern sitzt genau auf deinem Gesicht.«

»Iih, Schmitti!«, rief Denzel.

»War nur ein Scherz«, sagte Schmitti. »Im Augenblick habe ich gar keinen Hintern.«

Erleichtert atmete Denzel aus.

»Aber wenn ich einen hätte, wäre er gerade genau in deinem Gesicht.«

Der Zerstörer lag reglos am Boden. Denzel ging näher heran, und seine Geisterrüstung mit ihm. »Haben wir es geschafft?«, fragte er. »Ist sie k.o.?«

»Am Boden vielleicht«, kam Quinns krächzende Stimme aus dem Kampfanzug. Zwei seiner vier Füße nahmen Denzel in die Zange. Der Roboterkopf hob sich. »Aber nicht k.o.«

Sie riss die Beine hoch, und Denzel wurde an die Decke geschleudert. Er ruderte wild mit den Armen, als er durch die Luft flog. Dann stieß er mit einem dumpfen Aufprall gegen die Decke. Bevor er wieder nach unten fallen konnte, schoss Quinn im Zerstörer zu ihm hoch, die Faust bereit zur Attacke.

BUMM! Ein Schlag schickte ihn durch die Decke und den darüberliegenden Flur. Er wollte davonrennen, aber eine Roboterhand griff nach seinem Bein und zog ihn durch den Boden wieder nach unten.

Denzel und Schmitti gaben beide ein langes, panisches Geheul von sich, als Quinn Denzel herumschleuderte und dann wieder Richtung Decke warf. Er drehte sich, wirbelte unkontrolliert durch die Luft und flatterte dabei wild mit den Armen wie ein Vogel mit seinen Flügeln.

»Oooh, das wird so was von wehtun«, sagte er und verzog das Gesicht. Aber statt in das Dach zu donnern, sauste er mühelos wie ein Geist hindurch.

Die Wucht des Wurfs trug ihn durch mehrere Räume und Flure, bis er schließlich einige Meter über dem Parkplatz der Kirche in der Luft hängenblieb.

Zwar flog Denzel nicht höher, aber die Welt drehte sich unbarmherzig weiter. »Urgs. Ich glaube, ich muss brechen«, stöhnte er.

»Wehe!«, warnte ihn Schmitti. »Ehrlich, ich glaube, ich spreche für uns alle, wenn ich sage, dass wir darüber nicht besonders glücklich wären.«

Ehe Denzel etwas erwidern konnte, begann der Boden zu beben. Die Kirche, die bereits in dem vorherigen Kampf Schaden genommen hatte, fiel in sich zusammen wie ein Kartenhaus, als eine monströse Metallgestalt durch den Parkplatz aus der Erde brach.

Hinter dem Glasvisier des Zerstörers fletschte Quinn die Zähne. »Sieh mir in die Augen, Denzel«, sagte sie. »Sieh mir in die Augen – und *stirb!*«

Kapitel 20

Feuer und Rauch stiegen aus dem Zerstörer auf, als er sich in den Himmel schraubte. Denzel versuchte wegzulaufen, aber in der Luft hängend gestaltete sich das schwierig. Bis die Geister begriffen, was er vorhatte, rannte er hilflos in paar Sekunden auf der Stelle.

Dann schlingerte die Welt, und er schoss quer durch den Himmel, während sein Magen irgendwo weit unten zurückblieb.

»Ich fliege!«, rief er und sah hinunter auf die Stadt, die sich unter ihm erstreckte. Im Vorbeifliegen erkannte er ein paar markante Orte. Da war das Einkaufszentrum, der Park, seine Schule. Instinktiv suchte er nach seinem Haus und schrie überrascht auf, als ihn eine Faust von oben traf und nach unten trudeln ließ.

Er kam auf der Erde auf wie ein Meteorit, schlug ein Spinnennetz in die Straße und schmiss einen Lieferwagen um, der am Straßenrand gestanden hatte. Überall rannten Menschen schreiend davon.

Denzel stand auf und verzog das Gesicht vor Schmerzen. Diesen Schlag hatte er gespürt, trotz der Geisterrüstung.

Neben ihm ging ein Feuerregen nieder. Er stolperte rückwärts, so verblüfft von den grellen Flammen, dass er die Faust nicht sah, die auf ihn zuschwang, bis es zu spät war.

Mit einem ohrenbetäubenden *RUMMS* flog Denzel durch die Mauern eines Backsteinhauses und landete in einem kleinen, vollgestopften Wohnzimmer. Eine alte Frau mit dünnem, grauem Haar und einer dicken Goldrandbrille sah ihn über ihr Strickzeug hinweg an.

»Tschuldigung«, murmelte Denzel, bevor seine Beine ihn wieder auf die Straße beförderten.

BÄÄÄMM! Er rammte beide Fäuste in den Kopf des Zerstörers. Dieser taumelte zurück und ruderte mit den Armen, als hätte er Mühe, sich auf den Beinen zu halten. Denzel holte zu einem weiteren geistergedopten Schlag aus, aber der Roboterfuß schoss in die Höhe und trat ihn vor die Brust, bevor er sein Ziel traf.

Quinn hob einen Arm hoch über den Zerstörerkopf und klatschte Denzel damit dann zu Boden wie eine Fliege. Die Hand legte sich über ihn und hielt ihn fest auf die Straße gequetscht.

»Warum machen Sie das?«, fragte Denzel. »Das ergibt doch keinen Sinn!«

»Weißt du, was keinen Sinn ergibt, Denzel?«, fauchte Quinn. »Ein vierjähriges Mädchen zu entführen und vor der Welt zu verstecken! Sie von einem unterirdischen Bunker zum nächsten zu bringen und für einen Krieg zu trainieren, an dem sie sich nie beteiligen wollte!«

»Wow, sie hat wohl echt was aufzuarbeiten«, flüsterte Schmitti. »Oh, und ich kann ihr von hier direkt in die Nase gucken.«

»Ich weiß nicht, wie viele Male ich die Welt über die Jahre gerettet habe, und wozu? Was sollte das Ganze? Hat es mir irgendjemand gedankt? Hat überhaupt irgendjemand mitgekriegt, was ich getan habe?«, fragte Quinn. »Natürlich nicht, es musste ja ein *Geheimnis* bleiben.«

Der andere Roboterarm wurde ausgestreckt und zeigte auf die Menschenmenge, die das Spektakel aus sicherer Entfernung beobachtete. »Nun, jetzt ist es raus. Endlich.«

Die Kanonen an den Schultern des Zerstörers wurden abgesenkt und in Position gebracht. »Ich wollte einfach nur ein normales Leben, sonst nichts. Aber wie es aussieht, wird es dazu nie kommen«, sagte sie. Sie beugte sich nach unten, bis nur noch ihr Gesicht hinter dem Visier zu sehen war. »Und wenn ich es nicht haben kann, soll es auch kein anderer haben.«

Beide Kanonen eröffneten das Feuer. Denzel rang nach Luft, als die Geisterrüstung rückwärts nach unten in den Boden sank, um ihn in Sicherheit zu bringen.

»Danke«, stieß er hervor, bevor die Straße über ihm explodierte und der Zerstörer wieder erschien.

»Du entkommst mir nicht, Denzel«, zischte Quinn. »Dieses Ding kann jeden deiner Schritte verfolgen. Es ist die ultimative Waffe, absolut unaufhaltbar.«

»Nein, ist es nicht«, wurde Denzel klar. »Es gibt etwas, das noch stärker ist.«

»Die Macht der Freundschaft!«, rief Schmitti.

Denzel ignorierte ihn. »Die Zeitbombe.«

»Das hätte ich als Nächstes gesagt«, meinte Schmitti.

Quinn zog ein langes Gesicht. »Das wagst du nicht.«

»Vielleicht ja doch«, sagte Denzel, sprang auf die Füße, über die Straße und flog schließlich über die Köpfe der schreienden Menschenmenge hinweg.

Er raste durch den Himmel und schickte dabei einen Überschallknall in alle Richtungen. Innerhalb von Sekunden sah er die Kirche wieder – oder, besser gesagt, das, was davon übrig war. Sein Herz hüpfte. Er würde es schaffen. Er schaffte es!

»Verrückte Lady auf sechs Uhr!«, rief Schmitti.

Die Geisterrüstung ließ Denzel scharf nach rechts drehen und damit einer Rakete ausweichen, die an ihm vorbeipfiff. Ein blauer Feuerstrahl kam aus der Kanone an der linken Schulter des Zerstörers geschossen – aus der, von der Boyle gesagt hatte, damit könne man Götter zur Strecke bringen. Die Luft um Denzel herum knisterte und schien zu brennen, und die Geister heulten und krümmten sich vor Schmerzen.

Die Schläge, Explosionen und der heftige Aufprall auf dem Asphalt hatten den Geistern nichts anhaben können, aber was auch immer die blaue Flamme war – die Wirkung setzte sofort ein. Die schimmernde Rüstung flackerte, und plötzlich war Denzel wieder der Schwerkraft ausgeliefert. Er stürzte unaufhaltsam nach unten und schrie.

»Schmitti! Schmitti, was ist los?«

Irgendwo in der Rüstung stöhnte Schmitti. Eine undefinierbare, geisterhafte Gestalt entfernte sich von Denzel. Dann noch eine. Und noch eine. Je mehr schützende Geister sich von ihm lösten, desto schneller sauste er in die Tiefe.

»Schmitti? Schmitti, bist du noch da?«, rief Denzel.

Von Schmitti kam nur ein weiteres schläfriges Stöhnen. Die Straße schien auf sie zuzurasen. Der Aufprall stand in wenigen Sekunden bevor.

»Schmitti, was fändest du besser, okay?«, rief Denzel. »Sofort aufwachen oder deinen besten Freund auf den Asphalt –«

Plötzlich änderte sich Denzels Richtung. Er hörte, wie Schmitti mit den Zähnen knirschte – ziemlich beeindruckend, wenn man bedachte, dass er in diesem Augenblick gar keine Zähne hatte. Sie fielen immer noch, nun aber in Richtung des Parkplatzes der Kirche.

Quinn röhrte im Zerstörer auf sie zu; dessen Raketenantriebe verbrannten die Luft hinter ihr. Weitere blaue Flammen kamen aus den Kanonen an ihrer Schulter. Sie loderten um Denzel herum wie ein Kokon. Die Hitze sengte seine Haut an und verbrannte ihm die Augenbrauen.

Auf einmal sah Denzel wieder die schwarzen Tentakel des Poltergeists. Er sah, wie sie sich einer nach dem anderen von ihm loswickelten, bis der Geist vom Wind davongeweht wurde.

Erschrocken begriff Denzel, dass die Rüstung weg war.

Er befand sich im freien Fall, die Luft wehte ihm durch die Haare und ließ seine Kleidung flattern, während er hilflos durch das Loch fiel, dass der Zerstörer in das Hauptquartier der S.P.U.K. gerammt hatte.

Von hinten legten sich zwei Arme schwach um seinen Körper. »Halte dich fest«, flüsterte Schmitti.

»An was?«, kreischte Denzel.

»Gute Frage«, sagte Schmitti. Seine Arme wurden schlaff.

Denzel versteifte sich.

Und kam mit einem *RUMMS* am Boden auf.

Kapitel 21

Denzels Augenlider flatterten.

Es herrschte ein ziemlicher Lärm. Gebrüll. Explosionen. Das schrille Heulen von Laserschüssen.

So was eben.

Ein Teil von Denzels Gehirn sagte ihm, er sollte die Augen öffnen und aufstehen, aber ein anderer, viel größerer, vermutete, dass dies gar nicht in seinem Interesse wäre.

Er machte sie trotzdem auf.

Der Riss, der zum Geisterreich führte, existierte immer noch, stellte er fast unbeteiligt fest. Die gewaltige Krallenhand sah er jedoch nicht mehr, das war schon mal super. Die gesamte Vulteron-Truppe gab eine Salve nach der anderen in das Loch ab, während Dutzende Oberons die Hände durch die Luft woben und versuchten, den Spalt zu schließen.

Das war etwas, was man nicht alle Tage sah, und Denzel hätte gern einfach nur dagelegen und zugeschaut, aber er konnte das Gefühl nicht abschütteln, dass er eigentlich etwas anderes tun sollte. Irgendetwas Wichtiges.

Ein gewaltiger Roboterkampfanzug fiel aus dem Himmel und landete auf vier Füßen neben ihm.

Ach ja. Da war was.

»Aaaaaaaaaaah!« Denzel trat wild um sich und kroch hastig rückwärts über den Fußboden. Er sah sich nach Schmitti um, entdeckte seinen Freund aber nirgends.

Quinn bewegte sich vorwärts, und der Boden bebte bei jedem ihrer Schritte. »Es ist fast schade, dass ich dich töten muss, Denzel«, tönte es krächzend durch die Lautsprecher des Zerstörers. »Du bist wirklich faszinierend. Du wärst ein wertvoller Verbündeter geworden, und wir haben nie herausgefunden, wie es kommt, dass du Poltergeister sehen kannst. Ja, wie *machst* du das bloß?«

Denzel schlug mit dem Rücken gegen die Metalltür der Waffenkammer. Er stoppte. Er konnte nirgendwo mehr hin. »Ich weiß es nicht«, gab er zu. »Aber selbst wenn ich es wüsste, würde ich es Ihnen nicht sagen.«

Im Einklang mit Quinn zuckte der Zerstörer die Schultern. »Weißt du was? Ehrlich gesagt ist es mir mittlerweile egal. Du hast alles zerstört. Und jetzt wirst du dafür bezahlen.«

Etwas Flaches und Glattes, wie ein großer silberner Kieselstein, schwebte durch die Metalltür hinter Denzel. Gefolgt von einem vertrauten Gesicht. »Ist das dieses Bombending, das du meintest?«, fragte Schmitti.

Quinn stolperte rückwärts. »Nicht! Nicht anfassen!«

»Das ist wohl ein ›Ja‹«, sagte Denzel. Er stand auf und ließ sich die Zeitbombe von Schmitti geben. Es war eine kleine Scheibe, die sich leicht mit zwei Händen halten ließ, aber ihr Gewicht zog seine Arme in die Länge.

»Uff«, sagte er und tat so, als würde er sie fallen lassen. »Ist schwerer, als sie aussieht, was?«

»Lass das!«, zischte Quinn. »Du hast keine Vorstellung, was sie anrichten kann!«

»Stimmt, aber Sie auch nicht, oder?«, fragte Denzel. Er lächelte die Direktorin gelassen an. »Warum finden wir es nicht gemeinsam heraus?«

»Nein!«, rief Quinn. »Es könnte uns alle zerstören! Es könnte die Zeit zerstören!«

»Könnte es, ja«, sagte Denzel. Er fuchtelte mit der Zeitbombe in ihre Richtung. »Sie ergeben sich jetzt also besser, Quinn.«

Quinn nickte langsam. »Mir bleibt wohl nichts anderes übrig«, sagte sie. Sie streckte die Roboterarme vor sich aus, als würde sie erwarten, dass man ihr

Handschellen anlegte. »Denn natürlich kennt ihr alle notwendigen Zauberformeln, die nötig sind, die Bombe zu aktivieren.«

Denzel wand sich unbehaglich. Er schluckte. »Hmm?«

»Die Zauberformeln, um den Quanten-Anullierer zu aktivieren«, sagte Quinn. Ein fieses Grinsen umspielte ihre Mundwinkel. »Ich gehe davon aus, dass du sie alle gelernt hast.«

Denzel nickte. Sein Mund war plötzlich ganz trocken. »Klar«, sagte er. »Die kenn ich alle.«

Quinns Lachen traf ihn wie eine Ohrfeige. »Dummes Kind«, höhnte sie. »Dachtest du wirklich, du könntest mir mit etwas drohen, von dem du nicht einmal weißt, wie es funktioniert?«

»Wahrscheinlich nicht«, gab Denzel zu. »Aber eigentlich habe ich Sie gar nicht bedroht. Zumindest war das nicht meine Absicht. Ich habe Sie bloß abgelenkt.«

Quinn schnaubte. »Abgelenkt? Wovon?«

»Von ihm«, sagte Denzel und zeigte links neben Quinn. Die Direktorin wandte den Kopf und hielt erschrocken die Luft an.

»Gemütlich hier, ne?«, sagte Schmitti, der sich neben sie in den Zerstörer gezwängt hatte. Er grinste, und hielt dann eine Handvoll mit etwas hoch, das aussah wie Glitzerstaub. Die Luft darüber schien erwartungsfroh zu zittern.

Quinn riss die Augen auf. Sie schüttelte den Kopf.

Und Schmitti pustete.

*

»Munition fast leer!«, warnte Boyle, während er eine Salve knisternder Energie in den immer enger werdenden Spalt schoss.

»Ich hab's ... gleich«, presste Samara durch die zusammengebissenen Zähne hervor. Zwei geheimnisvolle Symbole glühten blau in ihren Handflächen. Sie hinterließen eine funkelnde Spur, während sie mit ihnen herumwedelte und anfing, leise murmelnd etwas zu singen.

Hinter ihr taten Dutzende Oberons dasselbe, alle bewegten sich absolut zeitgleich, und ihre Stimmen klangen wie eine einzige.

Langsam, ganz langsam begann der Riss in der Realität sich zu schließen. Boyle und die anderen Vulterons schossen noch ein paar Sekunden, und dann stotterten ihre Waffen und gaben schließlich komplett den Geist auf.

Knightley griff nach ihrem Gürtel, um nachzuladen, und stöhnte. »Ich habe nichts mehr.«

»Ich auch nicht«, sagte Boyle und warf ihr ihr Gewehr zu.

»Nicht schlimm. Wir haben es geschafft«, sagte Samara. »In drei ... zwei ....«

»Halt!«

Denzel stolperte auf sie zu und zog Schmitti hinter sich her. »Wartet noch. Nur kurz«, sagte er schnaufend.

»Was? Warum?«, fragte Boyle.

Denzel ignorierte ihn und wandte sich seinem Freund zu. »Das Geisterreich, Schmitti«, sagte er. »Das hast du doch gesucht, oder?«

Schmitti starrte staunend in die herumwirbelnden Lichter auf der anderen Seite des Lochs, als wäre es das Schönste, was er je im Leben gesehen hatte. Oder, in seinem Fall, im Tod. Der Riss war nun höchstens noch einen Meter breit und wurde im Augenblick nicht schmaler.

»Schnell! Wir können es nicht lange so halten«, warnte Rasmus.

»Wir halten so lange, wie wir müssen«, sagte Samara.

Denzel legte Schmitti eine Hand auf die Schulter. »Du warst Hunderte von Jahren allein und hast deinen Weg hierher gesucht.« Er versuchte zu lächeln, aber sein Gesicht machte nicht mit. Seine Stimme versagte fast. »Du musst jetzt nicht mehr allein sein, Schmitti. Du bist zu Hause.«

Schmitti riss den Blick vom Geisterreich los. Er machte den Mund auf, um etwas zu sagen, brachte aber keinen Ton heraus. Stattdessen warf er die Arme um Denzel und drückte ihn.

Und dann löste er sich von seinem Freund und drehte sich nach vorn, dem Licht zu.

Kapitel 22

Denzel stand zwischen Samara und Boyle in Quinns Büro und beobachtete die an ihrem Schreibtisch sitzende Direktorin. Gerade malte sie mit Buntstiften ein Feuerwehrauto.

»Die Sache mit Löschstaub ist, dass man ihn sehr vorsichtig dosieren muss«, sagte Samara.

»Kapiert«, sagte Denzel.

»Eine Prise reicht meistens völlig aus, außer man will mehrere Jahrzehnte aus dem Gedächtnis streichen.«

Denzel nickte. »Klar.«

»Eine ganze Handvoll ist ... zu viel«, erklärte Samara weiter.

»Mhm.«

»Wirklich, *viiiiiel* zu viel.«

»Ja, das sehe ich jetzt auch«, sagte Denzel und sah zu, wie Quinn konzentriert die Zunge aus dem Mund streckte, während sie versuchte, nicht über die Linien zu malen. »Was passiert jetzt mit ihr?«

»Das entscheiden die Ältesten«, sagte Boyle. Die Bürotür schwang auf. Boyle nahm Haltung an. Auch Samara richtete sich etwas mehr auf. »Apropos, hier kommen sie.«

Drei Figuren traten ein, alle in den gleichen violetten Umhängen, die bis auf den Boden reichten und keine Löcher zu haben schienen, durch die man die Arme stecken könnte. Denzel runzelte die Stirn und sah dann abwechselnd Samara und Boyle an. »Moment mal ... Das sind die Ältesten?«, flüsterte er.

»Ja«, zischte Boyle aus dem Mundwinkel.

Denzel musterte die winzigen Gestalten. »Willst du mich auf den Arm nehmen?«, fragte er. »Die sehen aus, als wären sie höchstens neun.«

»Ha! Schön wär's«, lachte diejenige von ihnen, die offensichtlich die Anführerin war. Sie war die kleinste und die einzige Frau. Ihre Augen funkelten wie blaue Edelsteine, und ihre Haut war glatt und makellos. »Sehr schmeichelhaft, Denzel«, sagte sie. »Aber ich kann dir versichern, wir sind wesentlich älter.«

»Zwölf?«, riet Denzel, und die Älteste lächelte wieder.

»In Jahrhunderten vielleicht.«

Sie legte den Kopf schief und musterte nun ihrerseits Denzel. »Es tut mir leid«, sagte sie.

»Was?«, fragte Denzel.

»Was dir angetan wurde. Was dir genommen wurde und denen, die dich kannten.«

Denzel nickte. »Ähm, danke«, sagte er.

»Du möchtest mir eine Frage stellen«, sagte die Älteste.

»Nein«, sagte Denzel überrascht. »Nein, eigentlich nicht.«

Die Älteste lächelte. »Stelle sie. Bitte.«

Denzel schluckte. »Können Sie machen, dass sie sich wieder an mich erinnern?«

Das Lächeln der Ältesten wirkte plötzlich traurig. »Das können wir nicht. Es tut mir so leid.«

Denzel spürte, wie ihm die Tränen in die Augen schossen. Er grub die Fingernägel in seine Handflächen. »Okay«, stieß er hervor. »Verstehe.«

»Aber wisse, Denzel, dass du für immer hier ein Zuhause haben wirst.« Ihr Lächeln wurde wieder breiter und verschwand dann, als sie zu Quinn blickte. »Sieht so aus, als bräuchten wir einen neuen Direktor für diese Zweigstelle der Organisation.«

Denzel blinzelte. Ihm fiel die Kinnlade herunter. »Was … ich?«

Alle drei Ältesten schnaubten. »Ha! Um Himmels willen, nein«, sagte die Anführerin. »Ich bin sicher, dafür finden wir jemanden mit etwas mehr Erfahrung.«

»Oh, da bin ich aber froh«, sagte Denzel und atmete tief aus. »Ich wüsste gar nicht, wo ich anfangen sollte.«

Einer der Ältesten beugte sich zu der Anführerin und flüsterte ihr etwas ins Ohr. Sie nickte langsam. »Da ist was dran«, sagte sie und dann, an Denzel gewandt: »Wir können dir zwar – noch – nicht den Direktorenposten anbieten, aber die Frage ist, in welcher Abteilung wir dich unterbringen.«

Sie sah zuerst Samara, dann Boyle an. »Oberon oder Vulteron? Hat er eine Neigung für eine der beiden Funktionen?«

»Nicht die geringste, Ma'am«, antwortete Boyle.

»Na, vielen Dank auch«, sagte Denzel.

»Nicht wirklich«, gab auch Samara zu.

»Ich habe Feuer gemacht! Mit dem Ring!«, protestierte Denzel.

»Nach ungefähr zwanzig Anläufen«, sagte Samara. »Das ist der einfachste Zauber, den es gibt. Ein durchschnittlicher Zweijähriger bekommt es normalerweise beim dritten Versuch hin.«

»Ihr gebt Zweijährigen Feuerringe?«, stieß Denzel hervor. »Das klingt aber *sehr* unverantwortlich!«

Die zarten Gesichtszüge der Ältesten verzogen sich zu einem Stirnrunzeln. »Hmmm. Also keinerlei Begabung für eine der beiden Abteilungen. Schwierig«, sagte sie.

»Ich kann es ihm beibringen. Wir machen einfach ein paar Extrastunden«, bot Samara an.

»Auch ich wäre bereit zu zusätzlichem Training mit ihm, Ma'am«, sagte Boyle zu Denzels Überraschung. »Wenn nötig. Er könnte wahrscheinlich ein wertvolles Teammitglied werden, und es wäre schade –«

Die Älteste brachte ihn mit einer Geste zum Schweigen. Sie betrachtete Denzel einige Sekunden lang, bis die Stille von Quinn durchbrochen wurde, die so tat, als wäre sie ein Traktor. »Nein. So freundlich euer Angebot ist, Denzel ist weder ein Vulteron noch ein Oberon. So viel steht fest.«

Denzels Herz sank. »Also ... Was wollen Sie damit sagen? Muss ich gehen?«

»*Wir* müssen *uns* verändern«, sagte die Älteste. »Du hast eine Gabe, Denzel. Eine Gabe, die, soweit ich weiß, niemand vor dir je gehabt hat. Du gehörst hierher. Von diesem Tag an wird der Kult des Sh'grath nicht nur zwei Abteilungen haben, sondern drei«, verkündete sie. »Vulteron. Oberon. Und Denzel.«

Wieder blinzelte Denzel. »Boah. Echt?«

»Echt«, sagte die Älteste, und ein Lächeln huschte ihr übers Gesicht. »Also, den Namen ändern wir wahrscheinlich. Laut ausgesprochen klingt er ziemlich albern neben den anderen beiden. Aber uns wird schon etwas einfallen.«

Sie nickte Denzel, Samara und Boyle nacheinander zu. »Und nun müssen wir uns auf den Weg machen. Seid versichert, dass eure ehemalige Direktorin Quinn in gute Hände kommt.«

»Super«, sagte Denzel. »Danke! War nett, Sie kennenzulernen.« Er wollte ihr die Hand geben, aber die Älteste warf nur einen vielsagenden Blick auf ihren ärmellosen Umhang. »Ach ja, stimmt«, sagte Denzel und zog die Hand zurück. Er trat beiseite, um sie durchzulassen, und zögerte dann.

»Äh, bevor Sie gehen«, sagte er. »Kann ich Sie noch um einen winzig kleinen Gefallen bitten?«

*

Denzel saß vorn im Transporter, eingezwängt zwischen Boyle und der Beifahrertür. Samara hinterm Steuer warf ihm einen prüfenden Blick zu. »Bist du dir ganz sicher?«, fragte sie.

»Ja. Nein. Vielleicht«, antwortete Denzel. Er atmete tief durch die Nase ein und nickte dann. »Ja. Ich schaffe das.«

»Sollen wir auf dich warten?«, fragte Boyle.

»Nee, ist schon in Ordnung«, sagte Denzel. Er öffnete die Tür und stieg aus. »Wir sehen uns dann im Hauptquartier, okay?«

»Okay«, sagte Samara. »Bis dann.«

Denzel schloss die Tür. Samara und Boyle sahen ihm hinterher, als er die Straße entlangging, die Hände in die Hosentaschen gestopft. Vor einem Gartentürchen blieb er stehen, drehte sich um und winkte ihnen.

Samara ließ den Motor an. Denzel sah zu, wie sie davonfuhren, und wandte sich dann wieder nach vorn. Er schaute den Pfad zu seiner Haustür hinunter.

Nein, nicht seiner Haustür. Er lebte hier nicht mehr.

Langsam ging er den Weg entlang und trommelte mit dem Finger auf dem Zaun, wie er es so viele Male getan hatte. Als er die Tür erreichte, hörte er auf. Er brauchte ziemlich lange, bis er die Hand hob, und noch länger, bis er tatsächlich anklopfte.

»Ich gehe schon«, rief drinnen eine Stimme, und kurz überlegte Denzel, einfach wegzulaufen. Aber er blieb stehen und bekam sogar ein Lächeln hin, als Owen die Tür öffnete. »Hallo«, sagte Owen, und dann fiel ihm die Kinnlade herunter. »Moment mal. Bist du nicht der Junge von gestern?«, fragte er.

»Ja«, fing Denzel an, aber Owens Rufe übertönten ihn.

»Jack! Jack! Der verrückte Junge von gestern ist hier!«

»Nein, Owen, ich bin nicht verrückt«, setzte Denzel erneut an. Hinter Owen tauchte Jack auf.

»Hallo. Du bist es«, sagte Jack.

Denzel nickte. »Ja, ich bin's«, sagte er, und es schnürte ihm die Kehle zu.

»Was können wir für dich tun?«, fragte Jack.

»Nichts«, flüsterte Denzel beinahe. »Deshalb bin ich vorbeigekommen. Ich wollte nur sagen ... Ihr braucht euch keine Sorgen zu machen. Mir geht's gut.«

Jack lächelte. »Na, das ist ja schön zu hören. Danke, dass du uns Bescheid sagst.«

»Gerne«, sagte Denzel. Er wollte schon weggehen, stürzte dann aber nach vorn und schlang die Arme um seine Väter. Er drückte sie, und keiner der beiden entzog sich ihm, obwohl er sie festhielt, bis ihm die Arme wehtaten.

Schließlich ließ er sie los. »Passt auf euch auf«, sagte er und wischte sich die Augen mit dem Ärmel ab. Er wandte sich um und war schon den halben Gartenpfad zurückgegangen, als er sich erneut zu ihnen umdrehte. »Ach, habt ihr schon mal darüber nachgedacht, ein Kind zu adoptieren?«

Jack und Owen sahen sich an. »Wir haben darüber gesprochen«, sagte Jack.

»Macht das«, sagte Denzel. »Ihr werdet fantastische Eltern.«

Und mit diesen Worten verließ Denzel endgültig ihr Grundstück.

Diesmal sah er nicht zurück, als die Tür hinter ihm geschlossen wurde.

*

Am Ende der Straße ging Denzel um die Ecke, wischte sich noch einmal über die Augen und schwang sich dann auf ein Mäuerchen.

»Wie war's?«

»Wie erwartet«, sagte Denzel.

Schmitti nickte. »Ach ja«, sagte er. »Wenigstens hast du noch mich.«

Denzel lachte. »Stimmt. Ich kann immer noch nicht wirklich glauben, dass du nicht ins Geisterreich wolltest.«

»Bist du wahnsinnig?«, fragte Schmitti. »Hast du das riesige Monsterding gesehen? Es hätte mich garantiert in der Luft zerrissen!«

Sie standen auf, schoben die Hände in die Hosentaschen und schlenderten im Gleichschritt die Straße entlang. »Ja, aber du hast immerhin Hunderte von Jahren danach gesucht«, sagte Denzel. »Und dann standest du direkt davor.«

Schmitti zuckte die Achseln. »Ich habe es ja nur gesucht, weil ich allein war«, sagte er. »Und das bin ich jetzt nicht mehr.«

Er drehte sich um, sodass er nun rückwärts vor Denzel herging. »Jetzt ist es also offiziell?«, fragte er. »Wir werden wirklich Sammler paranormaler Unregelmäßigkeiten?«

»*Ich* werde ein Sammler paranormaler Unregelmäßigkeiten«, korrigierte ihn Denzel. »Die Ältesten haben gesagt, du könntest aushelfen.«

»Ist doch dasselbe«, sagte Schmitti.

»Nicht wirklich«, sagte Denzel.

»Mehr oder weniger«, beharrte Schmitti.

»Na ja, eher weniger«, antwortete Denzel.

Schmitti drehte sich zurück und ging wieder normal neben Denzel her. »Okay, eine Frage für dich, ja?«

»Schieß los.«

»Wogegen würdest du lieber kämpfen, okay? Fünfzig Bären, die so groß sind wie Hühner, oder ein Huhn, das so groß ist wie ein Bär?«

Denzel lachte. »Weißt du was, Schmitti?«, sagte er und legte seinem Freund den Arm um die Schultern. »Das ist eine verdammt gute Frage.«

Der Autor

Barry Hutchison ist ein erfolgreicher Kinderbuchautor, Drehbuchautor und Regisseur, der 1978 in den schottischen Highlands geboren worden ist. Dort lebt er auch heute noch mit seiner Frau und seinen Kindern. Er liebt Meeresfrüchte, Comics und Elvis.

BARRY HUTCHISON

S.P.U.K.

Sammler paranormaler Unregelmäßigkeiten

Die Geisterjagd geht weiter!

Denzels und Schmittis Einsatz ist gefragt – in New York! Die amerikanische Niederlassung der S.P.U.K. braucht die Hilfe der zwei Freunde. Und plötzlich stecken sie in einem neuen Abenteuer, zusammen mit einem Hai, einem riesigen Gorilla und anderen bösen Geistern.

Band 2 der S.P.U.K. erscheint im Frühjahr 2019 bei Schneiderbuch!

S.P.U.K. – Sammler paranormaler Unregelmäßigkeiten, Band 2
ISBN 978-3-505-14200-0
14,00€ (D) / 14,40€ (A)

Lust auf noch mehr Grusel?

GHOSTSITTER

Geister geerbt

Zum Probelesen einmal umblättern …

Das Testament

»Na, dann wollen wir mal …«, sagte der Anwalt und begann, das oberste Blatt mehrfach zu falten. In null Komma nichts hatte er einen Papierflieger gebastelt, selbigen geworfen und dabei zugesehen, wie dieser sofort einen Bogen nach unten beschrieb und nur dreißig Zentimeter weiter neben dem Papierkorb landete. »Gestern hab ich reingetroffen, bitte glauben Sie mir – wo waren wir? Ach ja, das Testament, wo hab ich nur mein Hirn.«

Vermutlich beim Naseputzen ins Taschentuch geblasen, dachte Tom und sah dem quirligen Mann dabei zu, wie er suchend verschiedene Akten und Schubladen öffnete und sich dann mit der flachen Hand gegen die Stirn schlug.

»Ich Dummerchen«, sagte er, bückte sich, hob das Papierflugzeug auf, entfaltete es, strich es glatt und

begann zu lesen: »Ich, Heinrich Balthasar Röschenberg, versichere kraft dieses Dokuments, dass ich die nun folgenden Zeilen im vollständigen Besitz meiner geistigen Kräfte verfasst und unterzeichnet habe. Als Zeuge fungiert mein langjähriger Anwalt und Freund Rufus T. Feuerflieg, der alles Mögliche bezeugen würde, wenn ich ihm dafür mehr als fünf Euro biete.«

Der Anwalt sah kurz auf: »Fünf Euro? Das waren noch Zeiten, heute bezeuge ich Ihnen alles für drei fünfzig.«

Doch bevor irgendwer lachen – oder Toms Onkel Welf genervt schnauben – konnte, fuhr Herr Feuerflieg bereits fort: »So vermache ich nun, im Falle meines Ablebens, die gesamten Ersparnisse dem Ziehsohn meiner über alles geliebten Schwester Käthe, Tom Röschenberg. Zum Zeitpunkt, da ich dieses Testament verfasse, beträgt die Summe auf dem Schweizer Bankkonto …«

Der Anwalt schluckte. Dann sah er noch einmal genauer hin, als hätte er Schwierigkeiten, die Zahl zu entziffern. Schließlich legte er das Blatt vor sich hin und nahm einen Finger zu Hilfe, um die Nullen einer langen Zahl nachzuzählen. Tom blickte zu seiner Oma, die schaute aber nur gebannt auf den Finger des Anwalts, welcher nicht aufhören wollte, Stelle für Stelle nach rechts über das Papier zu wandern.

Was ist das für eine Zahl! Oh Mann, was geht hier ab!, schrie Tom innerlich, während er sich bemühte, äußerlich halbwegs ruhig zu wirken. Kurz dachte er, er bekäme das ganz gut hin. Doch dann bemerkte er, wie sein linkes Bein hektisch rauf und runter wippte. Und gerade als er dachte, er würde jede Sekunde zitternd vom Stuhl fallen, meldete sich der Anwalt mit einem weiteren Räuspern.

»So, bitte anschnallen und die Gurte festziehen, wir starten. Und hier noch ein Sicherheitshinweis: Die Schwimmwesten unter den Sitzen taugen auch in aufgeblasenem Zustand nur begrenzt als Fallschirm. Liebe anwesende Angehörige und Freunde von Heinrich Balthasar Röschenberg, der hier anwesende Tom Röschenberg wird am 01.01. des folgenden Jahres erben: zehn Millionen achthunderteinundreißig … äh … tausendfünfhundertsechsundsiebzig Euro und vierundachtzig Cent.«

Oma juchzte laut, und sogar Welf sog hörbar Luft durch die Zähne. Dafür war Toms Mund schlagartig so trocken wie eine Tüte abgelaufene Haferflocken.

»W… was?«, war das einzige Wort, das Tom herausbrachte.

Der Anwalt verdrehte die Augen und machte sich noch einmal daran, die lange Zahl zu entziffern. »Ähm, sagte ich eben zehn Millionen achthunderteinundreißigtausendfünfhundertsechsundsiebzig Euro und vierundachtzig Cent?«, fragte er schließlich in die Runde, und die anderen drei nickten langsam. Sogar Onkel Welf. »Tja, tut mir leid, Ihnen das sagen zu müssen, aber ich habe mich vertan.« Der Anwalt schüttelte den Kopf, und Tom rutschte das Herz in die Hose und runter bis zum großen Zeh, wo es aufgrund des Platzmangels ganz besonders heftig pochte. »Es sind nur … ähm … zehn Millionen achthunderteinundreißigtausendfünfhundertsechsundsiebzig Euro und *achtundvierzig* Cent. Zahlendreher im Centbetrag, ich bin untröstlich.«

Alle atmeten tief durch, und Oma flüsterte: »Meine Nerven, meine Nerven …«

Da ließ sich Onkel Welf vernehmen, zunächst durch ein seltsam hustendes Grummeln, das für Tom klang, als würde sich ein Braunbär räuspern. Dann sprach Welf mit seiner Sandpapierstimme: »Das war aber nicht alles, oder? Da steht noch mehr.«

Der Anwalt nickte eifrig: »Oh ja, natürlich steht da noch mehr. Das wäre ja ein ziemlich langweiliges Testament, wenn es damit schon erledigt wäre, nicht wahr? Ich lese mal weiter vor, wenn's recht ist.«

Toms Herz war gerade wieder auf dem Weg nach oben gewesen, um entspannt dort weiterzupochen, wo es hingehörte. Doch als der Anwalt nun weiterlas, fühlte es sich für Tom so an, als hätten sich Herz und Hirn zusammen in eine Achterbahn gesetzt und im Voraus bezahlt für fünfzig Runden ohne Notstopp.

»Ich verfüge außerdem, dass Tom Röschenberg der vorher benannte Betrag nur dann ausgezahlt wird, wenn er auch den Rest meines Erbes annimmt und die Bedingungen erfüllt, die daran geknüpft sind.«

BedingungenBedingBedingDingDingDing, hallte es in Toms Kopf, als wäre er ein Glockenturm.

»Tom muss bis zu seinem achtzehnten Geburtstag als Besitzer und Direktor der *Schreckensfahrt* durch die Lande ziehen und sich so des Erbes würdig erweisen. Nur wenn die *Schreckensfahrt* danach noch besteht und erfolgreich weiter betrieben werden kann, darf Tom einen Nachfolger bestimmen, und das Erbe wird an ihn ausbezahlt.«

Tom saß da und fühlte sich wie ein lebendig gewordenes Fragezeichen. Oma, der Anwalt und Welf sahen ihn an, als erwarteten sie irgendeine Form von Reaktion. Na, die hatte er parat.

»Ähm … *Schreckensfahrt*!?«, stieß Tom hervor und starrte ziemlich erfolgreich zu allen dreien zurück, obwohl sie in verschiedenen Richtungen saßen.

»Ach so«, lachte Oma. »Entschuldige bitte, das konntest du ja nicht wissen. *Schreckensfahrt* ist der Name von Onkel Heinrichs Geisterbahn.«

Die Schreckensfahrt

Es war unglaublich, wie ein seltsamer Traum und doch real: Vor Tom blinkte und dudelte tatsächlich eine waschechte Geisterbahn, ganz genau so, wie man sie von typischen Rummelplätzen kannte.

Na ja, vielleicht doch nicht ganz genau so, denn je mehr sich Toms Augen an das Drumherum gewöhnt hatten, desto klarer wurde ihm: Die *Schreckensfahrt* wirkte weniger gruselig und spannend als vielmehr unfreiwillig albern und verstaubt.

Mindestens ein Drittel der unzähligen bunten Glühbirnen war durchgebrannt oder fehlte, und Tom konnte nur hoffen, dass die ganzen Totenschädel, Gespenster, Vampire, Zombies und Mumien rund um den flackernden Schriftzug irgendwann einmal auch andere Farben getragen hatten als abgeblättertes Graubraun.

»Aha. Das ist also die Schrnsfat«, sprach Tom.

»*Schreckensfahrt*«, verbesserte Welf.

»Ja, wenn alle Buchstaben noch leuchten würden«, erwiderte Tom. »So ist es nur die Schrnsfat.«

Er drehte sich zu seinem angeblichen Onkel um und deutete hinter sich auf dieses glimmende, dudelnde Relikt vergangener Zeiten, dessen Besitzer er nun dank eines Daumenabdrucks geworden war.

»Welf, ohne Scheiß!«, rief Tom über den Lärm hinweg. »Das Ding ist vollkommen im Arsch! Und damit soll ich jetzt jahrelang von Kirmes zu Kirmes gondeln? Wer bitte geht da rein und zahlt auch noch dafür? Oder bezahlen wir die Leute, damit sie da reingehen?«

Tom drehte sich wieder zur Geisterbahn um und starrte fassungslos auf die kleinen Wägelchen, die gestaltet waren wie kleine Särge. Allerdings wirkten sie durch ihre eher breite und an den Ecken abgerundete Form nicht gruselig, sondern ganz arg albern. Stumm sah Tom zu, wie dieser Gnubbelsarg mühselig hinter dem Kassenhäuschen hindurchruckelte, um dann unter einem Fallgitter hindurch in der »Schrnsfat« zu verschwinden. Dieses Gitter sollte wohl den Eindruck erwecken, als würde es jeden Moment herunterfallen und so für den ersten Schreck sorgen. Leider zuckte es nur armselig, und von den fünf Spitzen am unteren Ende des Gitters fehlten die mittleren drei.

Da öffnete sich auf der linken Seite ein Burgtor, und ein weiterer Wagen kam zum Vorschein, der seine Runde durch die Bahn offensichtlich beendet hatte.

Hier, am Ende der Fahrt, wechselten die Wägelchen in eine extra Schiene, wo sie langsamer fuhren, um das Ein- und Aussteigen zu erleichtern. Der kleine dicke Sarg aber blieb an dem Metallzapfen hängen, der eigentlich dafür sorgen sollte, dass sich auch der Sicherheitsriegel öffnete, und blockierte so die gesamte Mechanik. Erstaunt bemerkte Tom, dass dabei auch die Glühbirnen dunkler wurden und flackerten, während die blecherne Musik zu leiern begann und schließlich klang, als würde sich die Welt nur noch in Zeitlupe bewegen.

Welf seufzte und versetzte dem Schienenbett einen wuchtigen Tritt. Es gab einen metallischen Schlag, der Sicherheitsbügel sprang zurück, das Wägelchen löste sich aus der Blockade, und die Geisterbahn quälte sich langsam eiernd wieder bergauf bis zur Normgeschwindigkeit.

»Äh … wann soll das Ganze denn losgehen?«, fragte Tom mit matter Stimme.

»In ein paar Tagen«, antwortete Welf. »Wir haben also genug Zeit, um dir alles zu zeigen. Und dann fangen wir mit dem Abbau an. Unsere erste Station ist ein Kirchweih-Fest in Bad Reichenhall.«

»Ah«, machte Tom, während in seinem Gesicht Fassungslosigkeit und Zukunftsangst um die Vorherrschaft kämpften und ihm so einen arg verwirrten Ausdruck verliehen. Mit diesem alten, armseligen Kasten sollte er bald durch die Gegend schippern? Ernsthaft jetzt? Und Oma hatte ihn nicht einmal davor gewarnt! Tom schüttelte den Kopf. Das konnte doch alles gar nicht wahr sein.

»Weißt du was?«, sagte er schließlich an Welf gewandt. »Das Ding macht mir wirklich Angst. Aber aus den falschen Gründen. Ich hab grad einfach nur Schiss vor den nächsten vier Jahren. Wie sollen wir dieses Teil bitte halbwegs sinnvoll betreiben? Wer soll das alles reparieren, und vor allem, wer bezahlt die, die das alles reparieren sollen? Ich krieg erst Geld, wenn die Zeit rum ist, aber bis dahin bin ich längst vollkommen pleite! Und mit den Nerven am Ende! Und …«

Welf gab ihm keine Antwort. Stattdessen unterbrach er Toms Monolog, indem er ihn am Arm mit sich zog.

»Hey!«, rief Tom. »Was soll das denn, warum … Waaahhh!« Ehe er sich's versah, hatte Welf ihn einfach hochgehoben und zielsicher in eines der Wägelchen geworfen. Es schepperte, als Tom mit dem Hintern auf die hölzerne Sitzbank prallte. Er verzog schmerzhaft das Gesicht, und gleichzeitig war er jetzt richtig sauer!

»Das machst du nicht noch mal mit mir, hörst du?« Tom rappelte sich auf, um wieder auszusteigen, bevor er in der Geisterbahn verschwinden würde. »Ich hab jetzt echt keinen Bock, mit diesemmmpfff…«

Weiter kam er nicht, denn gerade war der Sicherheitsriegel hochgeklappt und hatte Tom mit überraschend viel Wucht zurück in den Sitz gedrückt. Kaum hatte er seinen Atem wiedergefunden, war Tom auch schon unter dem Gitter hindurchgefahren und …

… der Tom, der wenige Minuten später am anderen Ende der *Schreckensfahrt* herausfuhr, ähnelte dem, der hineingefahren war, nur in Kleidung, Körpergröße, Haar- und Augenfarbe. Der gesamte Rest war ein zitternder, bleicher Pudding aus rasendem Puls und nackter Angst.

Der Schreck in den Knochen

Welf half dem Ding, das eben noch Tom gewesen war, aus dem Wägelchen und setzte ihn auf die Treppe, um die Geisterbahn anzuhalten.

Es knirschte und quietschte, als Welf irgendwelche Regler und Schalter betätigte. Tom zuckte bei jedem Geräusch zusammen, als hätte man ihn mit einer Nähnadel in die Seite gepiekt. Dabei hatte er den Kopf eingezogen und die Finger so fest zu Fäusten geballt, dass das Blut nur mehr über Umwege zirkulieren konnte.

Ächzend hielt die Transportmechanik innerhalb der Bahn an, und die Wägelchen blieben stehen. Auch die Musik begann zu leiern, wurde langsamer und stoppte schließlich ganz.

Welf setzte sich neben Tom. »Und?«, fragte er. »Schiss gehabt?«

Tom sah ihn an und nickte dann sehr langsam. Zu mehr war er nicht in der Lage.

»Ich weiß«, sagte Welf, und er klang sehr zufrieden.

Für ein paar Minuten saßen die beiden schweigend nebeneinander. Tom spürte dankbar, dass sich sein Puls beruhigte und er wieder Gefühl in den tauben Fingern bekam. Schließlich fand er auch seine Stimme wieder, wenngleich sie immer noch ein bisschen zittrig klang: »Das … das war … ich hatte noch nie in meinem Leben so viel Angst vor … irgendwas.« Mit aufgerissenen Augen sah er Welf an. »Wie macht ihr das? Dieser Dings, der Vampir! Der war plötzlich da! Und dann wieder weg, und dann … packt mich so ein … ein …«

»Zombie«, sagte Welf.

»Genau, so ein Zombie packt mich plötzlich an der Schulter, und er hatte diesen abgewetzten Plüschhasen in der anderen Faust, so als hätte er gerade … als hätte er …«

Tom stoppte mit aller Kraft die Nachmittagsvorstellung in seinem Gehirnkino und zwang sich, weiterzusprechen. »Und … und nur weil sich der Wagen gedreht hat, rutscht seine Hand ab, und er brüllt vor Wut! Und dann die Mumie, verdammt noch mal, ich hab mich so erschreckt, als die da plötzlich aus dem Sarg fällt und dann *aufsteht!* Wie geht das? Das war doch keine mechanische Puppe, das war … ich weiß nicht, eine Projektion? Irgendein 3-D-Dingsda … Hologramm?«

Welf schüttelte kaum merklich den Kopf, aber ein zufriedenes Lächeln umspielte seine Lippen.

Tom bemerkte das gar nicht, er redete einfach weiter: »Und … das Gespenst! Dieser Geist war das Krasseste überhaupt!«

Tom war viel zu aufgeregt, um weiter ruhig sitzen zu bleiben. Er versuchte aufzustehen, aber seine Beine versagten den Dienst, und er sackte zurück auf die Treppenstufe.

Stöhnend vor Schwindel schloss Tom die Augen, konnte aber trotzdem nicht aufhören zu sprechen: »Dieses Geistermädchen sitzt plötzlich *neben* mir!«, flüsterte er. »Und ich … ich kann durch sie durchsehen! Und dann schaut sie mir direkt in die Augen und … und …« Toms Stimme versagte für einen Moment. Er schluckte, bevor er weitersprach. »Und sie hat *meinen Namen gesagt,* Welf! *Sie wusste meinen Namen*!«

Das gibt's alles gar nicht … Das kann nicht … Wie soll das alles gehen?, stammelte er in seinem Kopf weiter und sah hilflos zu, wie sich die Gedanken vor ihm im Kreis drehten. Wie war das alles nur möglich? Natürlich mussten es irgendwelche Tricks sein, aber welche?

Schließlich war Tom bei den meisten Dingen dieser Art ziemlich schnell klar, wie der Trick wohl funktionierte. Er war immer stolz drauf gewesen, sofort eine Erklärung parat zu haben.

Die Effekte in Geisterbahnen oder anderen Fahrgeschäften auf dem Rummel oder in Freizeitparks waren entweder irgendwas Mechanisches oder eine Art Projektion. Oder es stand eben ein verkleideter Typ da rum, der die Besucher irgendwie möglichst fies erschreckte. In diese Kategorien konnte man eigentlich alles einordnen.

Aber das, was Tom gerade in der *Schreckensfahrt* erlebt hatte, war von vorn bis hinten völlig *unerklärlich!* Und gerade deswegen war es eben so unfassbar gruselig.

Er schloss die Augen und zwang sich dazu, sich zu konzentrieren. Ganz ruhig, Tom, sagte er sich, ganz ruhig. Denk nach. Wie kann das alles möglich sein?

Ich muss da draufkommen, unbedingt, dachte er. Das lässt mir sonst keine Ruhe. Ich dreh sonst durch. Welf soll mit mir da reingehen – aber vorher ein Licht anmachen! Ein Neonlicht am besten, irgendwas, wo dann alles ganz, ganz hell ist, jawohl. Und dann geh ich das alles einmal ab, schau mir das in Ruhe an, und … und dann fahr ich noch mal eine Runde. Mit Licht an! Genau. So mach ich das. Okay.

Guter Plan.

Tom spürte, wie gut es ihm tat, zu wissen, was er als Nächstes tun würde. Er atmete tief durch und stellte zufrieden fest, dass auch das Zittern in seinen Waden endlich nachgelassen hatte.

Puh.

Tom beschloss, die Augen nun wieder zu öffnen. Doch kaum hatte er das getan, war schlagartig alles vergessen, was er sich gerade erst vorgenommen hatte. Sein Körper vergaß, dass er sich gerade erst beruhigt hatte, sein Puls vergaß, dass er eben noch halbwegs entspannt geschlagen hatte, und Toms Nerven waren urplötzlich wieder so angespannt wie ein Bündel Drachenschnüre bei Windstärke tausend.

»Hrggnnnmm«, machte Tom und deutete mit zitterndem Finger auf das, was sich da vor ihm aufgebaut hatte.

»Hallo«, sagte das Gespenst.

Der Vampir, die Mumie und der Zombie sagten nichts.

Es waren die weichen, milchig-weißen Arme einer gnädigen Ohnmacht, die Tom bereitwillig in sich aufnahmen …

Leicht gekürzte Fassung des Originaltexts aus
Ghostsitter – Geister geerbt von Tommy Krappweis,
256 Seiten, gebunden, matt kaschiert, mit UV-Lackierung
ISBN 978-3-505-13757-0, € 9,99 (D)

Umschlagillustration und Vignetten: Timo Grubing.
www.schneiderbuch.de

Seit Tom nicht nur der Besitzer einer Geisterbahn ist, sondern ihm somit auch ein Haufen quicklebendiger Geister in Obhut gegeben wurde, steht sein Leben ganz schön kopf. Mumie Hop-Tep, Zombie Wombie, Vampir Vlarad, Werwolf Welf und Geistermädchen Mimi garantieren geisterhaften Gruselspaß!

Band 1: Geister geerbt
ISBN 978-3-505-13757-0

Band 2: Vorsicht! Poltergeist!
ISBN 978-3-505-13851-5

Band 3: Hilfe, Zombie-Party!
ISBN 978-3-505-13903-1

Band 4: Schreck im Spiegelkabinett
ISBN 978-3-505-13905-5

Band 5: Tanz der Untoten
ISBN 978-3-505-14033-4

Tommy Krappweis
Ghostsitter
256 Seiten, gebunden
Band 1-2: € 9,99 [D]
Band 3-5: € 10,00 [D]

www.schneiderbuch.de

Schneiderbuch
EGMONT

Als sein großer Bruder den neuen Chemiebaukasten am Goldfisch ausprobiert, bleibt Tom nicht viel Zeit. Mithilfe einer Batterie und purem Glück bringt er Frankie tatsächlich ins Leben zurück. Oder zumindest fast … Denn Frankie ist plötzlich ein dicker fetter Zombie-Goldfisch mit hypnotischen Kräften, und er sinnt auf RACHE!

Band 1: Frankie – Fischig, fies und untot
ISBN 978-3-505-13301-5

Seit Toms beherzter Rettungsaktion ist Frankie ein dicker fetter Zombie-Goldfisch ... und noch immer voller Rachepläne. Auch vom Aquarium-Arrest lässt er sich nicht aufhalten – im Wasserbeutel kann man schließlich prima bis zur Schule hüpfen. Dort startet Toms fieser Bruder gerade eine große Zombie-Verschwörung!

Band 2: Frankie – Ein wahrhaft teuflischer Fisch
ISBN 978-3-505-13302-2

Die Ferien beginnen, und auf geht's ans Meer! Zuerst muss Tom noch einen Fisch-Sitter für Frankie finden. Na ja … als ob der Zombie-Goldfisch zurückbleiben würde, wo im Meer doch so viel Spaß wartet. Ein gemeines Fischmonster zum Beispiel, von dem das kleine Küstenstädtchen terrorisiert wird. Furchtlos stürzt sich Frankie in das Duell seines Lebens: Zombie-Goldfisch gegen Zitteraal!

Band 3: Frankie – Alles andere ist Fischfutter
ISBN 978-3-505-13352-7

Mesut, Toms bester Freund, soll bei der Schulaufführung von „Robin Hood" die Hauptrolle spielen. Das aber wollen die großen Brüder – und amtlich beglaubigte Oberfieslinge – der beiden um jeden Preis verhindern … leider mit Erfolg. Doch Toms Geheimwaffe, sein Zombie-Goldfisch Frankie, hat ganz andere Pläne. Was folgt, ist ein furioser Auftritt des „Rächers mit vier Flossen"!

Band 4: Frankie – Rächer mit vier Flossen
ISBN 978-3-505-13353-4

Tom ist von seinem Campingausflug wenig begeistert. Das einzig Gute: Sein Kumpel Mesut und Frankie – Toms fischig-fieser Zombiefreund – sind auch dabei. Doch Frankie ist nicht das Einzige, was Tom beschäftigt. In den Wäldern rund um das Camp geschehen nämlich seltsame Dinge. Angeblich treibt dort ein gefährliches Biest sein Unwesen …

Band 5: Frankie – Die fliegende Fischbombe
ISBN 978-3-505-13523-1

Tom kann es einfach nicht fassen: Sein unglaublich fieser Bruder Mark ist auf einmal total nett zu ihm. Da stimmt doch irgendwas nicht! Und als ob das nicht schon aufregend genug wäre, wird auch noch Frankie entführt! Wer hat es auf Toms Zombie-Goldfisch abgesehen? Steckt vielleicht doch Mark dahinter? Tom und Mesut machen sich auf die Suche nach Frankie und stoßen schon bald auf eine fischige Spur …

Band 6: Frankie – Ein Superfisch gegen den Rest der Welt
ISBN 978-3-505-13525-5

Mo O'Hara
Mein dicker fetter Zombie-Goldfisch
je ca. 130 Seiten, gebunden
€ 9,99 [D]

Schneiderbuch
EGMONT

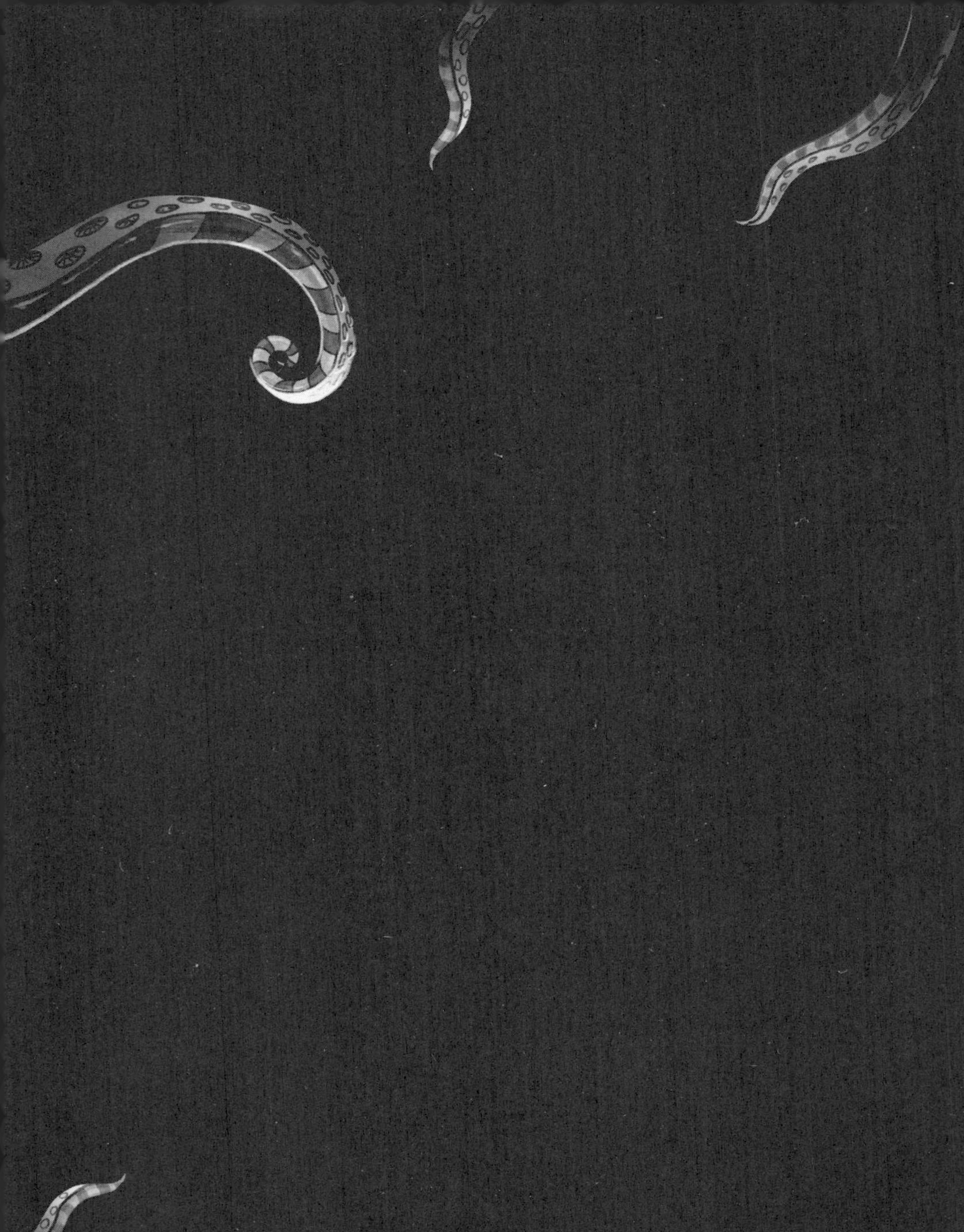